「ごめんなさい。そしてありがとう」
傷つけて。傷ついたのにまた愛してくれて。
そんな思いを込めつつ言うと久澄が、まったく同じ言葉を繰り返し、そして永遠を誓うようにキスをした。

敏腕ドクターと政略結婚!?

～元彼の愛は南国より熱くて激しい！～

華藤りえ

Vanilla文庫Miel

敏腕ドクターと政略結婚!?
元彼の愛は南国より熱くて激しい!

目次

イラスト／黒田うらら

序章

タクシーから降りた途端、碧衣《あおい》の頭皮がつきりと痛んだ。

振り袖に合わせて結い上げた髪がきついせいだ。

碧衣の髪は黒というより茶に近く、煎《い》れすぎた紅茶に似た濃い赤橙《せきとう》色をしている。

染めずとも明るい髪色は、友人たちからはうらやましがられているが、碧衣は自分の髪があまり好きではない。

日焼けするとすぐバサバサになって枝毛ができるし、一本一本が細い上、全体的にボリュームが足りないのかまとめづらい。

熟練の美容師でさえ苦戦し、しまいには時間に負けかなり髪を引っ張り整えられた。

あまりの痛痒《いたがゆ》さに眉を寄せれば、精算を終えたばかりの叔母が視線だけで咎《とが》めてくる。

「碧衣ちゃん。……お見合いなんだから、もう少し晴れやかに笑いなさい。でないとお相手に失礼でしょう？」

溜息《ためいき》まじりにこぼされ、碧衣は曖昧な微苦笑を浮かべ、そっと視線をそらす。

「それにしても義兄《にい》さんはなにを考えているのかしら。……お見合いもだけど、相手の都合だとかで急に日程を決めて。……普通は、もう少し時間をかけてするものでしょうに」

碧衣の不満顔をたしなめたその口で、相手への不満を言うのに、乾いた笑いで応じる。

叔母の言うことはもっともだ。これは普通のお見合いではない。

(こんなに突然、お見合いするなんて思わなかった。しかも政略結婚前提だなんて……)

二十四歳といえば、大学を卒業し、就職して、やっと仕事が面白くなってくる頃だ。

碧衣の周りを見渡しても、結婚している子なんてほとんどいない。

高校時代からの幼なじみだとか、子どもを授かったからとか。――そんな理由でもなければ、結婚なんて三十歳までに出来れば上等！　という者がほとんど。

恋人探しの合コンにさえ参加したことのない碧衣が、どうしてお見合いを受けたのかといえば、理由は一つ。

――父の会社のためだ。

碧衣の父は、医療資材および輸入製薬調達の会社を経営していた。

とはいえ社員は三桁を超えず、昔からの知人つながりで人を採用し、細々と回している。

医療関係者ですら、大半が社名を耳にしたことがないだろう、小さな会社だ。

曾祖父《そうそふ》の代から付き合いがある町工場の職人をとりまとめ、医師からオーダーされた特注の手術器具や、研究で使う特殊サイズの注射針やらを作成し、納品するのが主な業務で、一般の患者さんと関わることもない。

父に代替わりしてからは、薬剤関係にも販路を広げたが、そちらだって難病に使う薬を小ロットだけ輸入代行するような、場と金額が限られた仕事で――。

つまるところ、大きな利益を出すこともないが、大企業の手が届かない、かゆい部分をお世話する。そんな会社だった。

だから碧衣も、社長の娘という身ではあるが、ごく普通に育てられた。

高校と大学は私立女子であったが、小中は公立通い。

家だって世田谷《せたがや》のはずれにある古い一戸建てで、服にしろ持ち物にしろ、特別に他の子たちと違うものはない。

外国人であった母方の祖父と同じ、紅茶色の髪のほうが目立っていたぐらいだ。

――そう。三年前までは。

ごく普通の大学生であった碧衣が、そろそろ就職活動を見据えて動かなきゃなあ。なんてのんきに考えていた夏休みのこと。

突然、それまでの暮らしぶりが一転する事件が起きた。

父が職場で倒れたのだ。

病名は大動脈解離《だいどうみゃくかいり》といい、血の塊が血管に詰まり、そこが水風船のように膨らんで破裂し、時間と共に心臓に繋《つな》がる主な血管が裂けていく病気だ。

しかも父は、致死性が高いスタンフォードA型と呼ばれるタイプだった。

緊急手術は無事に終わったが、社長である父の不在は会社にも大きなダメージを与えた。

特に、父が秘書と一緒に仕切っていた医薬輸入代行事業は完全に止まり、それが原因で大きな損失を出してしまった。

世の中は不況の時世。

町工場をとりまとめて細々と営業しているような会社に、はいはいと融資してくれる銀行など見つからない。

このままでは倒産かと思われた時、意外な処《ところ》から救い主が現れた。

大手製薬会社であるアスライフ製薬が、運営金調達目的に苦し紛れで発行した新規株式の大半を買い入れてくれただけでなく、事業提携を前提として、資金援助まで申し出てくれたのだ。

ありえないことだ。

誰もが知っている風邪薬や胃腸薬を販売し、目薬のＣＭに有名な芸能人を起用できるほどの大きな会社が、年間数百というロットしか出ない商品を扱う会社に援助するなんて。

日本の職人の技術を支え、医療界に必要なデバイスを提供する御社の事業には未来がある。難病に対するオペ資材や医薬品の提供は、大きな会社では行き届きにくい。

ゆえに、社会貢献の一環として援助させてほしい。

――などと口にしていたが、それが、アスライフ製薬事業部のエリート社員が草案を練り、重役が決裁を回し終えた原稿上の綺麗事なのはわかっていた。

けれど、これで会社を畳まずに済む。安堵《あんど》したのも確かだ。

社員たちの生活も守れたと息を吐いたのも束《つか》の間《ま》。時を置かずして、碧衣にお見合いの話が舞い込んだ。

相手はアスライフ製薬株式会社の社長令息。創業者一族の長男――御曹司《おんぞうし》だった。

上辺だけ見れば、零細企業の娘が大企業の御曹司とお見合いなど、玉《たま》の輿《こし》のチャンスだが、現実はそう甘くない。

「御曹司だけれど、会社は継がせない……ってことも、なんだかねえ」

走り去るタクシーを余所《よそ》に、精算を終えた伯母が碧衣の側でぼやく。

アスライフ製薬は江戸時代の薬問屋の時分から、一族経営であるのは有名な話だ。

歴代の社長が本家の長男でなかったことなど、数えるほどしかない。

にもかかわらず、次の社長は長男ではなく、婿入りしてきた長女の夫だというのだ。

はるばる沖縄から駆けつけた叔母に、リハビリ中で車椅子生活を余儀なくされている義兄――碧衣にとっての父――が、事もなげに告げたのは三日前だった。

なんでも、アスライフ製薬の社長令嬢が父の部下と結婚し、孫息子も生まれたので、そちらが会社を継いでいくことに決まったのだとか。

『だから、大会社の人とか、身分がとか、気負わずに、会うだけ会ってごらん』などと、父が言ったが、それで素直に信じられるはずもなかった。

「経営に向かない気質なのか、はたまた女癖が悪いのか。……そういうので自分の会社を任せたくはないけれど、外聞だけは整えたいから、うちみたいな小さな会社に婿入りして、肩書きだけでも……って事なのかしら」

碧衣が聞いていることなど忘れてしまったのか、叔母は自分の地声の大きさを忘れた様子でひとりごちる。

（だとしたら、小さな会社に巨額を投じて援助したのも納得できる）

冷めた自分が苦笑する。

跡継ぎ失格とされた御曹司ではあるが、世間体というものがある以上、まともな家庭を持たせて取り繕いたい。そんな考えでいた折に、年頃の娘を持つ同業者が、窮地に陥っているのを見つけ、手を差し伸べたのだろう。

小さいとはいえ会社一つ分の融資。小娘の一生を買う結納金としては破格の値段だ。耳を揃《そろ》えて返すこともできない以上、話を受け入れるしかない。

かといって、碧衣はそれに文句を言うつもりはなかった。

あの時、アスライフ製薬からの援助がなければ、会社はとっくに倒産し、父はもちろん、親族ということで、夫が役員を務める叔母だって、辛い思いをしたに違いない。

(断る選択がないなら、夫婦としていい関係を築けるよう、努力するしかない)

生命の危機を脱したとはいえ、父の入院やリハビリはまだまだ掛かるし、実家だって車椅子を使う父の為《ため》にリフォームする必要がある。

社員たちの雇用を守る義務は当然のこと、父の会社から提供される薬や医療資材を使っての治療に、望みをかけている患者さんたちだっているのだ。

碧衣は帯に手を当て、そっと息を整えながらお見合い場所に指定されたホテルを見る。

各国大使館が集う地域性か、高級住宅地だからか、高輪《たかなわ》は他に比べて緑が多い。

だからホテルの周辺も緑が濃く、どこか静謐《せいひつ》な空気が流れている。

昨晩、眠れなくて、なんとなくネットで調べた情報によると、日本庭園が有名で、食事も、フレンチ、会席料理、ラウンジといずれも高級レストランが揃う。

落ち着いた雰囲気と庭園散策ができることから、お見合い場所として人気があるらしい。

(お相手の実家が、ホテルから近い白金台にあるから、ここが選ばれたんだろうけど)

だとしても、碧衣とはまず縁がない高級ホテルなのは確かだ。

自然体が一番と考える碧衣ら父娘と違い、少々見栄《みえ》っ張《ぱ》りなところのある叔母だ。

急な話でもお見合いはお見合い。相手に見下されては面子に関わると、寝不足な碧衣をたたき起こし、美容室に連れ込んで、トリートメントだヘアアレンジだと口を出してきた。

挙げ句、ワンピースで充分と考えていたのに、振り袖まで着せられた。

なにかの拷問かと思わんばかりに帯を締められ、碧衣はずっと息苦しさを感じていた。せめてもの慰めは、お見合いで出されるはずの一人前二万円を下らない懐石料理《かいせきりょうり》だが、この帯の苦しさでは、先付けも満足に入るかどうか。

(仕方ないかな。叔母さんも家族を守るのに必死だろうし)

叔母は、夫とともに九州支社を取り仕切っており、大学生に入ったばかりの娘と高校受験を控えた息子がいる。今、会社が倒産されては困るのだろう。

碧衣に対する後ろめたさや申し訳なさがあるからか、いつも以上に張り切っているようにもみえる。

叔母の複雑な内心をおもんぱかりながら、碧衣はつぶやく。

「結婚なんて、考えもしなかったな」

吹き抜けとなっているエントランスを囲む窓ガラスを見ると、曇り一つないほど磨き上げられており、鏡のようにはっきりと碧衣の姿を映し出していた。

小柄で薄い体つきに、目尻へいくにつれ下がり気味となる気弱そうな眼《め》。日本人離れした明るい髪色をしていても、控えめな鼻筋や輪郭では全体がどこかぼんやりと薄く、存在感に欠けている。

瞳が大きいのは美点だと思うが、色が髪と同じく淡い栗色《くりいろ》なため気付かれにくい。全体的に可愛《かわい》いと言えなくもないが、それは大人の可愛らしさではなく、小動物や子どもに似たもので色気とは無縁だった。

シャツにデニムという格好で雑踏に紛れれば、ものの三分で見失われそうな顔立ちは、メイクをすればするほど他人じみていて、自分ではないようだ。

第一に着物が派手すぎる。

今日、碧衣が着ているのは、従姉妹《いとこ》が成人式で使った振り袖で季節がまるで合ってない。

薄紅色をした振り袖に、白や桜色の小手毬《こでまり》菊が散る華やかなもので、読者モデル経験がある従姉妹ならともかく、大人しげな顔立ちの碧衣には華やか過ぎた。

叔母もそう感じたのか、まとめ髪だけはと縮緬《ちりめん》細工の桔梗《ききょう》や紅葉《もみじ》のかんざしを付けさせたのだが、余計に季節感がちぐはぐとなり、まるで七五三の幼女のようだ。

しかも、目の下にメイクでは隠しきれなかった隈《くま》があるので、つい、うつむきがちになってしまう。

父が倒れてからつい最近まで、碧衣はずっと働きづめだった。

今日は、久々の休日で、本音を言えば、お見合いするより寝ていたい。

そんなことを考えつつ、碧衣はホテルに足を踏み入れる。

待ち合わせ場所であるラウンジで、辺りを見渡す叔母の三歩後ろで溜息を呑《の》み込《こ》む。

「本当に、お見合い、しちゃうんだな……」

政略による縁で儲《もう》けられたお見合いだ。よほどでないかぎり結婚という話になるだろう。

(ここに来て、足が重くなるだなんて馬鹿みたい)

結婚前提とわかってお見合いを受けたのに、急に体が言うことを聞いてくれない。

(馬鹿みたい。あの人と一緒になれなかったのだから、もう誰でもいいって腹を決めたくせに。なんで今更)

三年前、碧衣は夏の沖縄で、一生に一度の恋をした。

相手は祖母の命の恩人である医師で、六歳ほど年上だった。

救急救命医に相応《ふさわ》しい正義感の強さと凛々しさが印象的で、強引で決断力もあるくせに、時々見せる笑顔は妙に無邪気で——夏そのもののように輝かしく、そして誠実な人だった。

世界が白くぼやけるほど苛烈な太陽と、蒼《あお》い海と遠い空が果てまで続く島で、原色の花や魚たちに彩られ、笑い、寄り添い、相手だけを見つめていた恋。

永遠に続くと思った幸せは、突然、砕け散った。

つたないながらも初恋を実らせようとしていた碧衣とは違い、相手は患者の家族に同情し、慰めようとしていただけと気付いたからだ。

同時に、東京で父が倒れ、手術には家族の同意がいると聞いた碧衣は、沖縄を離れ——それきりだ。

だからだろう。いつまでたっても忘れきれず、恋に臆病になってしまったのは。

(仮に、沖縄に残れたとしても、久澄《くずみ》先生との未来なんてなかった……)

まだ幼さが残る大学三年の小娘と違い、相手の年齢は二十八。

研修も終わり、一人前の医師として責任も立場も備わっているのに、どうして、まだ学生の、しかも患者の家族に本気になるだろう。

東京に戻ってきてから、何度だって自分に言い聞かせた言葉を、今日もまた繰り返す。

忘れるんだ。忘れるんだと、なにかの呪文のように。

（考えちゃ、だめ。……今日は、お見合いなんだから）

他の男性のことを考えるのは失礼だし、これはいい機会かもしれない。

結婚する相手と幸せになることを考え、努力していけば、そのうち、無残に終わった初恋のことなど忘れてしまえるのではないか。

込み上げる胸の苦しさを無視し、碧衣はラウンジを見渡す。

（ここのどこかに、居るはずだけど）

お見合いをすることは承諾したものの、急な話だったので釣書も渡されなかったのだ。

どころか、相手の名前さえ碧衣は知らない。

叔母は心得ているのだろうが、ぼんやりしている間に先に行ってしまった上、ラウンジがひどく混んでいて、なかなか姿をみつけられない。

お見合い待ちらしき男性と、介添人である女性を探せばいいのだが、なにぶん日曜日かつ日本庭園がある高級ホテルのラウンジだ。

右を見ても、左を見ても、お見合いか結婚式の出席待ち風の男女しかいない。

(場所は南のボックス席って聞いたから、そっちに行けば、相手が見つけてくれるかも)

淡い期待を抱いて、碧衣は足を速める。

和服な上、草履《ぞうり》のサイズが小さいためか、進む度に足の指が痛む。

たまらずラウンジにある柱の近くで立ち止まり、そろりと草履から足を抜きやすんでいると、丁度、柱の陰となっていた場所に叔母の後ろ姿を見つけ安堵する。

叔母さん、と声を掛けようとして、碧衣は呼吸を止めた。

──嘘《うそ》だ。

頭を下げる叔母の前で、不機嫌そうに口を引き結んでいる男性を見た途端、心が激しく動揺し、着物に包まれた足が細かに震え始める。

(嘘だ。そんな、人違いだ)

けれど頭より心がわかっていた。彼を見間違うなんてない。

彼だけは、どんな人込みにいても、どんな格好をしていても、一目でわかる。

平均より頭一つ高い身長と、それに相応しく長い手足。

シャープな肩幅は広く、肘から指先までの線が綺麗《きれい》に出ているのが男らしい。

切れ長で、ともすると上がり気味の眼差《まなざ》しは鋭く、眉は遠目でもわかるほど凜々しく、黒々としていて、男の意志の強さを感じさせる。

むだなものが一切ない、野生の黒豹《くろひょう》みたいだ。

出会った頃は、スクラブという医療着に白衣か、Tシャツにデニムなんかのラフな服装ばかりだったが、それでも、他の男性と一線を画した存在感で女性の目を奪っていた。

今日の彼は、残暑に相応しいライトグレーの三つ揃えスーツという、涼やかできちんとした服装をしており、その分、碧衣の記憶に居る彼より落ち着いて見える。

雰囲気は昔のままなのに、そこはかとなく纏《まと》う冷淡さと、感情が読めない平坦《へいたん》な表情が別人のようだ。

それでも見間違えたりしない。

また会えるとは思わなかった。

否《いや》、会っていい身じゃないのはわかっていた。

(彼を置き去りにしたのに、今更、どんな顔をさらせばいいの)

まるでわからないのに、心は一瞬で過去に惑わされ、碧衣は彼の名を呼んでしまう。


「久澄先生……！」

どこか悲鳴じみた碧衣の声が届いた瞬間、弾《はじ》かれた動きで彼が振り向き、――ひどく酷薄な目で碧衣を見つめた。

第一章

胃への圧迫感が消え、ポーンという軽快な電子音が響く。

時を置かず、頭上から客室乗務員の上品な声が流れだす。

「ご搭乗《とうじょう》の皆様にお伝えします。ただいまシートベルト着用のサインが消えましたが、飛行中は気流の関係で突然揺れることもございます。皆様の安全のため、座席にお着きの際は、常にシートベルトをお締めください」

離陸の緊張に静まっていた乗客が、溜息を漏らしたり、座席を傾けくつろいだりしだす。おのおのが到着までの時間を過ごそうと動き出す中、離陸後の定型アナウンスなど、ほとんどの客に聞かれていない。

けれどそこで手を抜くことなく、客室乗務員は丁寧に先を続けた。

「なお当機は定刻通り、十時二十五分に羽田空港を離陸し、約三時間後の十三時二十五分に那覇《なは》国際空港へ到着の予定です。現地の天気は快晴、気温は…………」

耳に心地よい声を聞き流しつつ、碧衣は二重になった小さな窓から外を見る。

先ほどまで、ビルで過密となっている東京の地表を目にしていたのに、今はもう、見渡す限り白い雲でいっぱいだ。

時折、空を切る飛行機の翼に夏の太陽が反射し、まばゆい輝きを放つが、それも空の旅ならではの光景だった。

アナウンスが切り替わり、機長が飛行予定とリンクした空の見所を案内している。

今日は雲が多めだが、それでも富士山は見ることはできそうだ。

もっとも、碧衣たちが座っているのは富士山があるのとは反対側で、時刻になっても空しか見えないだろうけれど。

残念だなと思いつつ、碧衣は通路側の席に座る祖母へ視線を送る。

「お祖母《ばあ》ちゃん、反対側の窓から富士山が見えるんだって」

他の乗客の迷惑にならないよう、いつもよりトーンを抑えめにして伝えると、それまでうつむいていた祖母がわずかに顔を持ち上げた。

「そう。……でも、残念だねえ。反対側だと、ちょっと、見えない、だろうね」

孫と同じことを考えていたと親しみを込めながら伝えてくれるけれど、どこか様子がおかしい。

どうしてだろうと首をひねり、祖母の息継ぎが多いことに気付く。

「大丈夫？　酔っちゃった？　今朝、早かったから」

世田谷にある家から空港まで、さほど距離があるわけではない。

が、場所は首都東京だ。平日の朝はどうしたって車が渋滞してしまう。

自分だけなら早起きして、始発のモノレールでとなるが、今日は足腰が心許《こころもと》ない祖母を連れているため、前もって車で移動し、空港近くのホテルに一泊して来た。

けれど七十歳を過ぎた身体に、日常と違うベッドや食事はつらかったのか、空港で搭乗手続きが終わってからの祖母は、言葉少なとなっていた。

(飛行機に乗るのは久々だから)

もともと旅行好きで、海外はあまり行かなくとも、国内であれば北海道に京都にと、飛行機で足を伸ばしては楽しんでいた祖母だが、不況で、碧衣の父の会社も厳しいと知ってからは、社員が大変な中、社長の家族が贅沢《ぜいたく》をしては示しがつかないと言い控えていた。

その上、先月、脇腹が痛いと病院に掛かり、一泊二日とはいえ入院したのだ。

できれば、もう少し沖縄行きを伸ばしたほうがよかったのではないかと思う。

(でも、しょうがないか……)

今回の旅行目的は観光ではない。先祖の墓を片付けるのだ。

碧衣の曾祖父《そうそふ》――つまりは、祖母の父と、彼女の夫が眠る墓を。

祖母が若かった頃は、親族一同がそろって沖縄に住んでいたというが、今は、大叔父にあたる高齢の夫婦だけが島に残っていた。

その大叔父も、心配した孫息子らに呼ばれ、別の県に移住するのだそうだ。

そうなれば、墓に参る者もいなくなる。

誰も訪れず、荒れ果ててしまうよりはいっそと、墓じまいする運びになったのだ。

足腰が弱い上、高血圧もちの祖母を一人で行かせるわけにはいかない。

だが、他の家族は碧衣と父だけ。

会社経営者である父に、一週間も二週間も休暇が取れる訳がなく、結果、大学生で夏休みというものがある碧衣が付き添うことになった。

幼い頃に母を亡くしてからというもの、祖母は碧衣が不憫《ふびん》を感じないように、寂しくないようにと愛情をこめて育ててくれた。

家庭の味と呼ばれるものだって、母に教えたのと同じように碧衣にも教えてくれた。

そんな祖母が無理を押しても、父と夫の遺骨の片付けにと言うなら、碧衣に否応《いやおう》はない。

かくして、東京から沖縄への旅に同行することになったのだが――。

(やっぱり、きついのかな)

昨晩の祖母は飛行機に乗る緊張で、あまり眠れていないようだった。

朝ご飯は食べてくれたが、毎朝欠かさない味噌汁《みそしる》を一口だけで残してしまった。

(沖縄に到着して、故郷の味を口にしたら元気が出るかもしれないけれど)

もう一度、大丈夫かと尋ねようとして口ごもる。

碧衣に負けず劣らず、人に気を回しすぎる祖母のことだ。

心配していると知られれば、碧衣の不安を払おうと、逆に無理をしかねない。

なので、さりげなく、お水でも貰《もら》う？　と尋ねるに留《とど》めたが、祖母はどこか曖昧な微苦笑で頭を振って、それきり、座席に背を預けて目を閉じてしまった。

時々、癇性《かんしょう》的に眉間がひくつく祖母の顔を盗み見しながら、碧衣は窓越しに映る祖母を見守る。

そしていつの間にかうとうとし、二十分ほど経《た》った頃だろうか。

押し殺すような呻《うめ》きが耳に届き、碧衣は咄嗟《とっさ》に祖母を振り返る。

うつむいていた祖母が、下腹部を押さえて唇を引き結んでいた。

「お祖母ちゃん？」

祖母はわずかに唇をわななかせて笑おうとしたが、上手《うま》くできていない。

見れば、こめかみあたりの肌に汗も滲《にじ》んでいる。

「大丈夫？　お腹《なか》が痛いの？　ねえ」

心配で声量を抑えることを失念した碧衣の問いかけは、飲み物を配っていた客室乗務員の一人に届き、すぐさま席に近づいてきた。

「お客様？　大丈夫ですか？　お身体の調子はいかがですか？」

隙なく綺麗に化粧をした客室乗務員が、きりりとした声をかける。

祖母はもう返事をすることもできないのか、ただ、子どもみたいに首を振るばかり。体調が悪いのは見て取れるが、どこがどう痛むかは、口にされないとわからない。

――どうしよう。

にわかにざわめきだした心を抑え、祖母の肩をさすったり、お水は？　座席を倒す？　など、楽になる方法を考えては提案するも、まるで反応がない。

そうこうするうちに、チーフと名乗った中年の客室乗務員が現れ、失礼しますと断り、祖母の手首を取り、額に手をやり、近くにいた、井口凜々花《いぐちりりか》という乗務員に指示を下す。

「血圧計とパルスオキシメーター、それに体温計と毛布を」

ちらりと面倒そうな表情をみせつつ、井口が早足で後尾へ向かい、言われたものを持って戻る。チーフは落ち着いた手つきで祖母の腕に血圧測定のバンドを巻き測りだした。

「高いですね。……お連れ様ですか？　こちらのお客様は持病が？」

「高血圧の薬を飲んでます。あと血液関係の薬も。……四日前に病院に行った時は、旅行しても問題ないと言われていたんですが」

「地上と機内は気圧が違いますから、それで具合が悪いのかもしれませんね」

心電図と血液酸素量の値を備え付けの医療メモに走り書きし、チーフが尋ねる。

「専門の方がいらっしゃるなら、見て貰うのがよろしいかと。……お声がけをしても？」

血圧が判断値を超えていたのだろう。確認するような口調ではあったが、チーフの目は緊迫に満ちていた。

「お願いします！」

地上ではない飛行機の中では、なにがあるかわからない。

素早く碧衣が応えると、チーフは他の客室乗務員に急を知らせるハンドサインを送る。

とたん、機内が騒がしくなる。

碧衣たちの席の前後にいた客が乗務員らに促され移動し、祖母の椅子が目一杯にリクライニングされ、チーフの声が呼びかける。

「皆様、おくつろぎのところを恐れ入ります。ただいま機内に急病のお客様がいらっしゃいます。……お客様の中に、ご協力いただけるお医者様か看護師の方がいらっしゃいましたら、客室乗務員までお知らせください」

二度呼びかけるが、ざわめきの中から手が挙がることも、応じる声もない。

その間に、井口やほかの乗務員が、祖母に毛布をかけ、水を口元へ差し出したりするが、いつになく頑《かたく》なになった祖母は顔を横に振るだけだった。

ついに機内アナウンスがドクターコールを開始する。

碧衣の側だけだったざわめきが大きく広がり、不安が渦となって心臓を絞る。

――どうしよう。このまま、なにもできなくて祖母の容態が悪化したら。

こんなことなら、もっと強く、先延ばしにしようと訴えておくべきだった。

いや、もっと後の便を手配していれば。

祖母に負担がないようにできたことがもっとあったのでは？　と考えては自分を責め、唇を噛《か》んだ碧衣が救いを求め目を閉じた時、男の声とせわしない足音が近づいてきた。

「お客様？」

祖母の横に立っていた井口が、戸惑いの声を上げる。

その声に驚き碧衣が目を開くと、メイクどころか微笑までモデルのような完璧さを保っていた井口が、ぽかんと口を開き顔を上げていた。

どうしたのだろうと視線を追い、碧衣は思わず息を呑《の》む。

背の高い男が、通路を塞ぐようにして碧衣たちがいる席の前に立っている。

身長は百八十センチを超えているだろうか。

碧衣からすればずいぶん高い飛行機の天井が、彼の頭からだと近い。

年は碧衣より一回り上に見えたが、皮膚がぴんと張って、短く整えた髪も黒々としていることから、もう少し若い――多分、二十代後半か三十代前半ぐらいかもしれない。

服は艶感のあるTシャツにアンクル丈のテーパードパンツ。

本革のローファーまで黒で統一しているが、身体の線をすっきりと見せるデザインと、シルバー製のベルトにある大ぶりなバックルが全体を引き締め、とてもセンスよく見える。

そのせいか、男の身体がよりシャープに引き立ち、切れ長で上《あ》がり端《ばな》の瞳と相まって、猫科の肉食獣を思わせる。

周囲の女性乗客はもちろん、芸能人やスポーツ選手などにも応対することがある客室乗務員の女性たちさえも、彼に見とれ、言葉を失っていた。

もちろん碧衣も、そんな場合ではないとわかりながら、男からまったく目が離せない。否、男の視線から逃れられないまま、ただ、呆然《ぼうぜん》と見上げていた。

——ごくり、と喉が鳴って唾が呑み下される。

彼は何者で、どうして碧衣を見つめるのかとうろたえていれば、数歩遅れて追いついたチーフ乗務員が、井口の肩に手を添えた。

「井口さん、どいてちょうだい」

「え?」

チーフの言葉を上手く呑み込めなかったのか、井口と呼ばれた乗務員は視線を男から外すことなく、間の抜けた声を出す。

すると、それまで黙って碧衣を——否、正しくは、碧衣の隣で目を閉じうずくまっていた祖母を見つめていた男が告げた。

「英朋《えいほう》医科大学病院、救命救急センター所属医の久澄海里《かいり》です」

無駄が一切ない、はっきりとした声だった。

気負わずとも自然に周囲を従わせる、どこか指導者めいた響きが彼の声にはあった。

「救急医……」

男性に見入っていた井口が目を大きくし、口元に手を当てる。

それもそうだろう。

見た目はモデル――否、顔立ちのいいスポーツ選手といった男性なのだ。医師といってもにわかに信じがたい。

久澄はそんな反応には慣れているのか、井口の声を無視し、流れる仕草でポケットからカードケースを出し、そこから水色のカードを引き抜いて見せる。

男らしく長い指の間に挟まれたカードには、医師資格証という文字の下に、久澄海里という男性の名と写真、そして医籍登録番号というものが記されていた。

「急病人はそちらの御夫人ですか」

井口を押しのけ、場所を交代しつつ久澄が祖母の横に膝をつく。

同時に床にあった箱から薄いゴムの手袋を引き抜き、嵌《は》めると、応急用具の中にあった聴診器を首にかける。

触りますよと一言添え、騎士のようにひざまずいて、久澄は祖母の手首に手を添え親指を置く。

病人を怯《おび》えさせたり、驚かせたりしないようにと優しく動く右手とは裏腹に、久澄の左手は素早くひらめき、黒いラバーで巻き付いた大ぶりの時計をかざす。

大丈夫ですか。息苦しくないですかと呼びかけつつ、ピンクゴールドの縁がある時計の枠を指で一回転させる。

ダイバー用のスポーツウォッチで、ベゼルという時計枠を使い経過秒数が計れる奴《やつ》だ。機械的に回転し戻っていくベゼルを見ていると、碧衣の耳に感嘆の溜息が届く。

ふと目を上げれば、客室乗務員の井口が、食い入るように久澄の時計を凝視していた。

(そんなにお祖母ちゃんの具合が悪いのかな)

心臓に冷たい鉛を落とし込まれたような感覚が走って、碧衣が身を震わせると、すぐ、「落ち着いて」と男の声が慰める。

「落ち着いて。まだなにもしていない。悪い方に捉えて不安になるには早すぎる」

大丈夫とか、助けるとか、そういう気休めの台詞《せりふ》ではなく、事実だけを淡々と伝えられたことで、心がなだらかになる。

久澄の口調は、素っ気ないながらも、碧衣を気遣う優しさが含まれていた。

「まずは君が落ち着こう。……ご家族の方?」

「はい。祖母……じゃなく、孫の碧衣です」

自分のことを聞かれてるのだと気付いて訂正すると、碧衣のあわてぶりが微笑《ほほえ》ましかったのか、それまで厳しい顔をしていた久澄が、ふと目を緩め、一つうなずく。

「そう。碧衣ちゃん。……お祖母さんの持病か既往歴《きおう》はわかる?」

ぐったりとする祖母の首筋に指を当て、目の下を押して血管を見てと、忙しく診察を進めながらも、久澄が一つ一つ確かめる。

「先月、腹痛で一泊二日入院しました。盲腸のようなものだと聞いています。ほかは特に。三日前の通院でも、旅行して大丈夫とお医者様から言われたと聞いています」

「お祖母さんの様子に変わったことは？　ごはんの量とか水とか」

尋ねられるまま朝からの行動を思い出す。

昨晩はホテルに泊まり、早起きして朝食をとった。

祖母は小食だが食べる量は変わらなかった。ただ、いつもは残さず飲む味噌汁を一口だけで椀《わん》を置いた。それから空港でチェックインし、飲み物を――。

そこまで説明し、はっと気付く。

「いつもより、水分を取っていないと思います」

声を上げ、そうだと確信する。

家にいるときは、麦茶やハーブティを切らさずに飲む祖母だが、碧衣や父と出かける日は、トイレが近くなるのがイヤなのか、必ずといっていいほど水分を控える。

いつものことなので気に留めなかったが、なにか関係があるかもしれない。

同時に、もう一つ、おかしかった点を思い出す。

人に手を掛けさせるのを苦にする性格のため、祖母は旅館にしろホテルにしろ、チェックアウト前に必ず綺麗に片付けて、忘れ物がないか確認してから出る。

けれど今日に限って、薬のポーチをホテルのサイドテーブルに置き忘れていたのだ。

「あっ、あの、これ！　祖母が忘れていたんですけれど」

ハンドバッグにしまっていた、縮緬細工のポーチを渡す。

久澄は碧衣からポーチを受け取るや否や、ファスナーを開いて中身をすべて掌《てのひら》に出して確認する。

「………なるほど」

つぶやき、彼は取って返す勢いで背後のチーフ乗務員を見る。

「こちらの御夫人を俺の席に移動させても問題はありませんか」

「お客様のプレミアムクラスにですか？」

「おそらく静脈血栓塞栓症《じょうみゃくけっせんそくせんしょう》です。足を伸ばした姿勢で処置を行いたいので。あと丸めた毛布を三枚ほどいただければ」

碧衣が見せた薬から祖母の状態が読み取れたのか、久澄が医師らしい確固とした口調で指示し、チーフはそれにいちいちうなずいて部下の乗務員に指示する。

「他にご要望があれば、可能な限り承《うけたまわ》るよう機長から指示されてますが」

「では、ドクターキットを移動先に。……輸液《ゆえき》で水分を補いたい。それから、機長に衛星電話の利用許可を。こちらの御夫人が入院した病院に確認したいことがあります」

「承知しました。……ダイバートの必要はありますでしょうか？」

客室乗務員はさりげなく右耳に手を当てた。そこに装着されているワイヤレス・インカムで、コックピットから指示を受けているのだろう。

「ダイバートか……」

「機長によりますと、今でしたら中部国際空港が最短ですが、羽田へ引き返す航路も選択可能だと。……ただ、羽田の場合は混み具合によっては二十分ほど上空で待つリスクがあるそうです」

二人の会話が漏れ聞こえたのか、固唾を呑んで見守っていた周囲が再びざわつきだす。

「冗談じゃないわ！　予定があるのに」

「引き返していたら会議に間に合わないぞ」

次々に聞こえる愚痴が責めるように聞こえ、碧衣は生きた心地がしない。

祖母も同じなのか、すがるような目で碧衣を見て唇を震わす。

——怖い。この飛行機を止めたらなんと言われるのか。

なんとかならないのか、だの、どうしてこんな時に病人が、などという、周囲の身勝手な言葉が胸に突き刺さる。

耳を塞ぎたい。——けれどもっと辛いのは祖母だ。

「お祖母ちゃん、大丈夫。私がいる」

久澄が脈を取る手とは逆の手をしっかり握りしめ、赤子をあやすようにして揺する。

「大丈夫。大丈夫だよ。……私も一緒だよ」

側にいるという意味か、あるいは、同じ気持ちの味方という意味か。

どちらを伝えたいかわからないまま、ただ、祖母の手をさすり、揺らし、周囲の雑音から気を紛らわせてあげようと、それだけに心を砕く。

刹那、すぐ近くで息を詰める気配がし、碧衣は無意識的に顔を上げた。

久澄が目を大きくして碧衣を見つめていた。

ドキリとした。

なにかありましたか？　と聞こうとしたはずなのに、唇からはか細い息が漏れるだけで、鼓動の音ばかりが変に耳に響く。

どうして見つめられているのか、驚かれているのか。

治療の邪魔だったか、変なことを言ったのかと頬《ほお》を染めれば、久澄があわてて顔を逸《そ》らし、咳払《せきばら》いをした。

「今はまだダイバートを考慮する時期ではありません」

「承知いたしました。救急車の待機要請は着陸前まで可能です」

職業意識が高いのか、あるいは周囲の愚痴に思うところがあったのか、久澄とチーフはそろって、大きめの声で会話を交わす。

途端、碧衣を見て、これ見よがしに舌打ちしていた男が顔を窓の外へと背けた。

そうこうするうちに、久澄は祖母の手を自分の首に回し、シートから力なく下がっていた脚の裏に腕をくぐらす。

「移動しますよ。いち、に、さん」

気合いを入れたとは思えない、滑らかな動きで祖母を抱え上げ、そのままコックピット側へと歩いていく。

「あっ、お待ちください。お手伝いします」

お姫様抱っこされて運ばれる祖母を呆然とみていると、それまであまり気の入らない介助をしていた客室乗務員の井口が、いそいそと後を追う。

(どうしよう。私も行くべき……だよね)

取り残され、困惑していると、先を行く久澄と井口を見ていたチーフが溜息をついて、それから碧衣に向き直った。

「お客様もご一緒に。……本日のプレミアムシートには空きがございます。お祖母様《ばあさま》もご家族が側にいらっしゃったほうが心細くはないかと」

お荷物はそのままで構いませんとの言葉に甘え、貴重品が入ったハンドバッグを祖母の分と自分の分の二つを抱え、通路を進む。

碧衣がプレミアムシート——国際線で言うところのファーストクラス——に、着いた時には、祖母はフルフラットになった座席に横たわっていた。

久澄はといえば、ワイヤレス・インカムを借りてどこかと会話していた。

「腎血管性《じんけっかんせい》高血圧で受診。……線維筋性異形成のＰＴＲＡ適用ですか。ステントは鼠径部挿入？　抗血小板薬の処方は…………はい。ええ、でしたら血栓による再塞栓かと。……いえ、そちらは低血糖で説明がつきますし、意識は明瞭です」

碧衣にはまるでわからない医療の専門用語が小気味よくやりとりされる。外国語を話しているのかと思うほど、難しくて口調が速い。

困惑していると、先ほどから碧衣を気遣ってくれているチーフが、航空会社に所属する航空専門救急医師と、祖母が通院している病院と、三者で連携して診断してくれているのだと説明してくれた。

情報交換が終わったのか、久澄はワイヤレスインカムを外し、一際鋭くなった瞳で、ジュラルミンケースの中に収められている器具を見渡し聴診器を装着する。

先ほどまでは、観光にきたスポーツ選手かなにかといった風情だったのに、今はもう、医師にしか見えない。

祖母の腹部に聴診器の先端部分を当て、なにかを確認してから、液体の入ったビニールバッグや薬のアンプルを取り出す。

なにをしているのだろう。そして祖母はどうなるのだろう。

不安を煽《あお》られている碧衣に気付いたのか、久澄は処置の手を止めないまま告げる。

「水を飲まなかったから血液がドロドロになって、塊が血管に詰まりかけている。だから、血液を溶かす薬とお水……といっても、生理食塩水だけど。それを点滴して血の流れをよくすれば、元気になれるはずだよ」

彼は慣れた手つきで祖母の腕を取り、あっというまに点滴の針を刺す。

「少し眠くなりますが、大丈夫ですよ。トイレに行きたくなったら遠慮なく伝えてくださ い。入れただけ水分を出したほうが早くよくなるので我慢しないように」

優しく祖母に伝え、道具を片付けた久澄は、まだ不安を拭い切れない碧衣に向き合うと、壊れ物に触るような慎重さでそっと肩を抱いて、空いている席に座らせた。

「次は君の番だな。……怖かっただろう。ずいぶん顔色が悪い」

祖母に聞こえないように気遣ってくれたのか、顔を近づけ囁《ささや》かれる。

近すぎる距離につい赤面する碧衣に触れ、久澄は親指で目の下を軽く押す。

「貧血じゃないみたいだな。……軽いパニックと、自律神経失調からの一過性低血圧か」

医師らしい独り言を呟《つぶや》き、久澄は水を注いだ紙コップを碧衣に渡す。

「え?」

「水面を見て。……できるだけ波紋ができないようにしっかり持ったまま、深呼吸をしようか。……ほら吸って……吐いて。そう、上手だ。……もう一度」

低く、優しい男の声に操られるようにして、碧衣の身体が呼吸する。

ゆるやかに深く、静かに。手の中の水面の動きだけをみつめながら。

そうして何分ほどたっただろう。気がつくと、ずいぶん気持ちが楽になっていた。

「もう怖くないだろう？」

尋ねられるまま視線を上げると、額と額がくっつきそうなほど近くに久澄の顔があり、碧衣は違う意味で心臓を跳ねさせる。

落ち着きなく胸を騒がす衝動を悟られまいと、うつむきがちにうなずいた時だ。

「いい子だ」

どこか嬉《うれ》しげな久澄の声がして、頭が温かく大きな手に包まれる。

「お祖母さんは俺が見ているから、君は少し眠りな」

甘やかすような仕草でぽんぽんと頭を叩《たた》かれた瞬間、訳もわからない恥ずかしさに襲われ、碧衣の全身が熱くなる。

「そっ、そうします！」

耳まで赤くなっているのを見られたくなくて、碧衣は、座席に用意されていた毛布を頭から被って丸くなる。

途端、くすくすと笑う久澄の声が聞こえたが、もう、そんなことは気にしていられない。

完全な子ども扱いがくすぐったくて、恥ずかしくて、照れくさくて。

高校、大学とエスカレーター式の女子校だった上、接する男性は父か会社の人ばかり。若い男性とあまり関わらなかった碧衣は、こういう時の反応がわからない。

(人生経験として、合コンに参加するべきだったかも)

恋愛に関する知識が浅いため、興味や好奇心もあまり抱かず、断ってばかりいたのだ。

(会社のおじさんたちや父は、完全にお子様扱いだし)

身悶《みもだ》えしている中、碧衣は、久澄にまだなんのお礼もしていないことに気付く。

しんとしたプレミアムクラスの客席の中、周囲をうかがいつつ、毛布から目の上だけを覗《のぞ》かせ探すと、祖母の近くの席で本を広げている久澄が目に入った。

「あの……久澄、先生?」

なんと呼べばいいか少しだけ迷い、医師なら先生が適当だろうかと、探るようにして名を呼べば、ページをめくる男の指がぴたりと止まる。

「どうかしたか」

祖母の容態が安定したのか、それとも不安がらせないためか、まるで自分の家でくつろいでるような穏やかさで久澄が顔を上げる。

その横顔が目に入った瞬間、また、羞恥心がジワジワと込み上げ、居てもたってもいられなくなる。

「あの、あのっ……ありがとうございました!」

まるでやけくそみたいな声の大きさで伝えると、虚を突かれた久澄が目を大きくし、それから風船がはじけたみたいな勢いで笑いだした。

恥ずかしい。でも、多分、きっとこれっきりだ。

飛行機を降りたら祖母は病院へ収容されるだろうし、自分はそれについていくことになる。だから、久澄と会うこともないだろう。

恥ずかしくても、情けなくても、これっきりだからと思う気持ちと、これっきりで会えなくなるのに、気の利いたお礼も言えないなんてと情けなく残念に思う気持ちがせめぎ合う中、碧衣は、わざとらしいタヌキ寝入りで残りの時間をやりすごす。

だから碧衣は驚いた。

祖母が急患として運ばれた病院は、久澄が夏の間、研修で出向することになっている総合病院であり、滑走路から病院まで救急車で搬送される間も付き添ってくれたことに。

そして、祖母が入院している間、何度も様子を見に来てくれただけでなく、偶然とはいえ、彼が碧衣にとって人生初となるデートの相手となる未来に。

――ずっと驚かされ続けていた。

第二章

面会時間が始まって一時間以上経っているのに、病院内は少しだけ混雑していた。

特に今日は月曜日で、入院する人と退院する人の家族が大きな荷物やカートを手にしているため、いつもより廊下が狭く感じる。

碧衣は額に浮いた汗をハンカチで押さえつつ、祖母に割り当てられている四人部屋へ向かう。

飛行機で具合が悪くなり、偶然乗り合わせていた久澄に処置を受けた祖母は、空港に着く頃には、少し話せるぐらいにまで回復していた。

けれど油断はできないということで、総合病院で検査したところ、血栓は思うより多くできており、特に、腎臓に繋がる管の部分と心臓周りが危ないという話だった。

——以前入院した時、祖母は碧衣を不安にさせないよう、担当医に頼んで盲腸のようなものと言わせたが、本当は、腎臓に繋がる動脈が硬くて狭くなり、ついには腎臓の働きが悪くなる腎動脈狭窄《じんどうみゃくきょうさく》という病気だったのだ。

入院したのは、詰まった部分にステントと呼ばれる器具を入れて拡張する治療の為だったが、この治療は手術もなく、比較的すぐ普通の生活に戻れる代わりに、血栓という血の塊が出来やすくなるという副作用がある。

だから、水分をよく摂《と》るように言われるのだが、旅行中にトイレが近くなるのが嫌だった祖母は、水ぐらいと控えた上に血液をさらさらにする薬まで飲み忘れ、結果、血栓ができ、詰まったという訳だ。

場所が前と変わらないこと。そして体質から血栓ができやすいのが分かったこと、駄目押しが、心臓近くの重要な動脈にも硬化が見られること——などなどから、精密検査と薬物治療のため、三週間ほど入院して徹底的に治そうということになったのだ。

(そうでないと、帰りの飛行機でまた同じことが起こって、詰まるのが心臓だったら、死ぬかもしれないっていうし)

電話で父に相談すると、すぐに入院してもらいなさいと返事が来た。

幸い、忙しい父が来られない代わりに、限度額を多めに設定したカードを渡してくれていたので、費用についてはなんとかなった。

墓じまいについても、祖母が退院するまで延期になったのだが。

(夏休みいっぱい、沖縄にいることになりそうだな)

大学の友人とキャンプに行く約束も、プールもお預けだ。

仕方ないと諦め、碧衣は残念がる気持ちを捨てて、笑顔を作る。

今日は掃除に手間取ったのか、奥にある祖母の部屋の前でシーツを入れたカートを引いていた看護助手が、顔なじみだろう看護師と立ち話をしていた。

目が合ったので軽く頭を下げると、相手の看護師がにこっと笑い、話しかけてきた。

「あら、天久《あめく》さんところのお孫さんの……」

「碧衣です」

「そうそう。碧衣ちゃん」

母方である祖母と碧衣は苗字《みょうじ》が違う。そのため、面会票に書いてはいても、名前と顔が一致しないのか、よく、この手の会話をされる。

(でも、〝碧衣ちゃん〟って……、やっぱり高校生と間違われてるのかな)

苦笑しつつ、またハンカチで汗を拭う。

沖縄の日差しは強烈だ。朝や夕方ならともかく、昼前から四時過ぎるまで外を歩くなど、どうぞ日射病になってくれと言うようなものだ。

一応、日傘や風通しのよいシースルーの長袖カーディガンで肌を防御し、バスを使いと、日に当たらないよう注意してきたのだが――やっぱり全身汗だくになってしまった。

あとでタオルハンカチを買おうと心に決めながら、汗をふきふき祖母の様子を尋ねていると、看護師が気さくに教えてくれた。

「今はねえ、放射線科で検査中なのよ。……午前中に救急の割り込みがはいっちゃって、それで、入院患者は時間を譲ってくださいって言われてね」

「そうですか」

「造影するから、一時間ちょっとかかるんじゃないかしら。……ごめんなさいね」

「いえ、特に急ぐ用事もありませんから。待っていても大丈夫ですか？」

「それはもちろん。碧衣ちゃんが来てくれると、お祖母ちゃんも安心するみたいだし。それに、小児科の子たちも喜ぶわ」

言いつつ、ナースステーションの横にある、デイルームを目で示す。

患者達の憩いの場であるデイルームには、無料で見られるテレビと、冷たいお茶を目当てに入院患者があつまっており、その横にある畳の一角で、小児外科の患者である子ども達がぬいぐるみや本で遊んでいた。

「じゃあ、お言葉に甘えて待たせて頂きますね」

告げ、持参した着替えの寝間着や頼まれた団扇《うちわ》、雑誌などを祖母用に割り当てられた床頭台《しょうとうだい》のクローゼットや引き出しにきちんとしまい、碧衣はデイルームへ赴く。

「丁度よかった。……待っている間にお昼ごはんを食べちゃおうっと」

デイルームは入院用の部屋よりも窓が大きく取ってあり、そこから真っ青な空を背景に、鉄筋コンクリートで出来た、四角い箱のような住宅の屋根が連なっているのが見える。

白や灰色の建物の間に、突如現れる鬱蒼《うっそう》とした森や、幹が複雑に絡んだガジュマルの大木が見えるのが、東京の風景とはまるで違う。

自然と共存しているようにも、せめぎ合っているようにも見える。

街を歩いていてもそう思う。

綺麗に白く塗られた建物の間に、乱れ咲く赤と黄色のハイビスカス。

古びたビルの壁を一面覆い尽くす、ピンクのブーゲンビリア。

それは、日本というより、写真やテレビで見た台湾やキューバの町並みに近かった。

鉄筋コンクリートの家が多いのは、台風に晒《さら》されることが多い島だからで、頻繁に雨風、そして太陽に晒される植物たちは、いずれも根が深く強い。

祖母が教えてくれたことを思い出しつつ、提げていたコンビニの袋をテーブルに置く。

その時だ。

部屋の端にあるプレイコーナーで遊んでいた子ども達が、わあっと歓声を上げたのは。

「ヘリコプターだ！」

単語の意味を理解すると同時に、碧衣は子ども達が見て居る通路側の窓を振り向く。

すると、敷地端にある立体駐車場のグリーンに塗られた屋上が、ついでそこにある円にHと描かれた場所に、ホバリングしながらヘリコプターが降下していくのが見えた。

（あっ……ドクターヘリ）

とくんと甘く心臓が疼《うず》くのをそっと手で押さえ、息を詰める。

窓際で騒ぐ、患者の子ども達の声も聞こえない。

飛行場が近くにある関係上、この病院の窓は密閉性が高く、音が聞こえないようになっているが、それでも、こうして間近で動いている様子をみると、どこからともなくモーターが回転する音が聞こえてくる気がする。

いや、音だけじゃない。

回転するプロペラから生み出される風や、通信に混じる電磁雑音。オイルと――そこに混じる医療用消毒薬の匂い。

側でみたことなどないのに、まるで体験したように想像できてしまうのは、碧衣の心が近づきたいと焦がれているからだろうか。

子どもたちのように、ドクターヘリという乗り物に対する憧れではない。

それに乗っているだろう特別な医師。

――フライトドクターの一人に、碧衣は強く焦がれていた。

「あら、ヘリが戻ってきてるわ」

「今日の当番って、久澄先生だったかしら」

華やいだ看護師たちの声に、焦がれている人の名をみつけ碧衣はそっと胸に手を置く。

若い女性看護師たちが、子ども達をなだめるつつドクターヘリを見物していた。

ファンが停止し、ストレッチャーが下ろされる。

要請に応え離島へ飛んだ模様だが、慌ただしい空気はない。

思ったより患者が軽傷なのかもしれない。

そのことにほっとしていると、きゃーっと黄色い声が上がる。

「やっぱり！　久澄先生よ」

「白衣も似合うけど、フライトスーツのほうがすごく似合ってる！」

「ほんと。……あそこだけドラマの撮影じゃないって思っちゃうわよね」

仕事もそっちのけで女性看護師が盛り上がる。

無理もない。

久澄はあの外見に加え、東京にある英朋医科大学病院でも若手のエースと名高い。

その上、偶然、乗り合わせた飛行機に急病人が発生し、治療した上で、空港から救急車での登場と――もう、本当にドラマの主人公みたいな着任の仕方をしたのだ。

この病院に勤務する独身女性たちが、一斉に色めき立ったのは言うまでもない。

（やっぱり、すごい人気だなあ）

ヘリから降りて、パイロットと立ち話をしている久澄をじっと見つめつつ、少しだけ残念に思う。これでは、碧衣など相手にされないだろう。

黙って居ても、これほどモテるのだ。

まだ学生でしかなく、幼い顔立ちの碧衣など、きっとお呼びではない。

それでも焦がれることは自由だし、できるだけ好かれたいとは思う。

見ているだけの初恋に終わるとしても、がんばったと自分に誇りたい。

世の中を知らない若者ゆえの無邪気さで、碧衣はそう信じる。

「あー、合コンとか興味ないかなー。ほら、うちの病棟ってわりに救急と関わりあるし」

今いるフロアのことである。

心臓血管病棟と呼ばれ、血管やその流れを診る循環器内科と、心臓や血管の外科的治療を担当する心臓血管外科の患者が、主に入院している。

そして心臓という命に直結する部分であることから、救急で運ばれてくる患者や重症患者も多く、救急で応急処置し、それから専門の医師が診るケースが多い。

だから引き継ぎや、その後の様子を見に救急医が訪れることが度々ある。

――が、碧衣はよほど運が悪いのか、久澄と顔を合わせたことは、あの日以来ない。

祖母の担当医ではないのかもと思ったが、つい昨日、祖母から久澄先生がお見舞いにきてくださったと嬉しそうに言われたばかりだ。

(今日は会えるかなって期待したけど……。フライト当番なんだ)

毎日通ううちに知ったのだが、救命救急センターの医師は、普通の救急当番と、ドクターヘリ担当のフライト当番があるらしい。

そして、どんなに忙しくてもフライト当番は、一般の救急患者を診ることはない。

要請があればすぐヘリで現地に飛べるよう、常に待機していなければならないからだ。

当然、病棟内で担当した患者を見舞うなどできるはずもなく、一日中、詰め所と呼ばれる待機室に居なければならないのだ。

「縁が、ないのかな」

助けてもらっただけでも充分ありがたいのに、もう一度会いたいなんて贅沢だ。

わかっているけれど、心はなかなか納得してくれない。

眉を下げて苦笑していると、ヘリを見るのに飽きた子どもが碧衣の袖を引っ張った。

小児外科の子どもだ。心臓関係病気を持つ子は、心臓血管病棟で受け持っているのだ。

その一人が、手にもっていた袋状のものを碧衣に差し出す。

「碧衣ー、お手玉、しよ」

早く早くと急《せ》かされ、ちらりと昼ご飯のはいったコンビニの袋を見る。

今日は、お昼ごはんを食べられそうにない。

(まあ、ダイエットと思えばいいか)

ごはんはいつでも食べられるが、子ども達はいつまでこの病棟にいるかわからない。

そう遠くない日に、難しい手術を受けなければならないのだ。

楽しい時間は少しでも多いほうがいい。

「いいよ。……いくつまで投げられるようになった？」

「三つ！」

「すごい！　じゃあ、お歌は？」

「それは覚えてないから、碧衣、歌って！」

祖母の手慰みになればと持ってきたお手玉は、すっかり子ども達の遊具になっていた。

今では暇があれば百円ショップへ足を運び、子どもたちが喜びそうなアニメやマンガのキャラクター柄の布と小豆でせっせとお手玉を作っては、お見舞いにプレゼントしている。

最近の一番人気は、黄色い恐竜のキャラクターのものと、オレンジと緑の布で作ったミカン型だ。

「そっか。じゃあ、歌うから一緒に覚えよう。……覚えられたら、こんどは苺《いちご》のお手玉を作って持ってくる」

わーっと、女の子を中心に笑い、拍手をする。

少しだけくすぐったく思いながら、碧衣はごく自然に子供らへ笑顔を向けていた。

◇◆◇

地下にある救命救急当直室兼更衣室へ戻り、上下一体型の繋ぎとなっているフライトスーツのジッパーを下ろした途端、むわりとした熱気が立ち上り、久澄は顔をしかめる。

これを着ていたのは半日だが、ずいぶん汗を吸ってしまった。

インナー代わりに着ていたスクラブが、汗で肌に張り付く感触が気持ち悪い。

指で生地を摘まむと、布らしくない重みのある動きで肌から剝《は》がれ、そこにクーラーの冷気が入り込み、涼しさより寒気を覚える。

(これは、さっさとシャワーを浴びるに限るな)

風邪をひいてはたまらない。

久澄はマニュアルに指定された通りの手順で、フライトジャケットを脱いでいく。

太股《ふともも》に作られている専用ポケットから、鉗子《かんし》やマーカー用マジック、サージカルテープを抜いてプラスチックのケースに入れ、すべてのポケットが空にする。

それから、両肩に張られた病院と救急センターのエンブレムワッペンを、ついで、背中のDoctorと書かれた役割ワッペンを外し、そこで久澄は手を止める。

役割ワッペンの下に張られた、スポンサーワッペン――社会慈善事業および知名度を上げるため、ドクターヘリの燃料や整備費などを援助している会社のワッペンが、でかでかと貼られていたからだ。

一枚はヘリ会社のものだが、もう一枚は――。

(なにがアスライフだ。……自分の妻も助けられなかった癖に)

〝明日を生きる〟という意味を込めて、アスライフと名を変えた製薬会社のワッペンを、乱暴に剝ぎ捨てる。

強化マジックテープで装着されていたそれは、気持ちがいいほど大きな音をたててバリッと剝がれ、乱暴に医療用洗濯カートの中へと叩《たた》き込《こ》まれる。

アスライフ――以前は久澄製薬堂を名乗っていた会社は、久澄の父が社長を務める大手製薬企業の名でもある。

市販の湿布や風邪薬から、病院で扱う麻酔薬や抗がん剤と幅広い分野をカバーする上、自前の研究所や福利厚生をかねた病院も持っている。

今いる病院でも、父の会社の名を見ない日はない。

が、そのたびに鬱屈した感情が久澄の中で渦巻く。――なにが明日を生きる、だ。

医師として、製薬会社が担う社会的重要性はわかっている。

それでも、久澄は父に対して素直になれない気持ちがある。

――母の死に関することだ。

小学校に上がる直前、母は交通事故に遭い、久澄を庇《かば》ったことが原因で頭を強打し――意識が戻ることなく二週間後に亡くなった。

その時、父は医師の説明を聞くなり、秘書の一人を身代わりに残しただけで、すぐ仕事へと戻り――そのまま帰ってこなかった。

新しい海外拠点設立前という重要な時期だったからだが、医師の説明を聞くなり病院を去った父に対する失望は、医師となった今でも昇華しきれていない。

母に、回復の希望はなかった。

脳内の出血は多岐にわたり、命が助かる可能性は皆無だった。だから父の選択を悪と非難する気はない。

――それでも、と、自分の中の子どもが叫ぶ。

手を握って側にいてやるだけでもよかったのではないか。そうすれば、万が一の奇跡も起こったのではないか。

そういった父への反発から、御曹司として父の会社に入る未来を徹底的に避け、より患者の側で、より早く命を助けられる道を――救命救急医という職を選んだ。

そのことに後悔はない。が、こうやって、行く先々で父の会社の名前を目にすると、お前のやっていることは偽善だと、嘲笑《あざわら》われているような気分になるのが腹立たしい。

フライトジャケットを脱ぎ、汗を吸って雑巾のようになったスクラブも脱ぎ捨て、久澄は下着だけの姿となってシャワーブースへ入る。

なにも考えずに熱い湯を浴びていた処、背後から唐突に声をかけられた。

「あれ？　……久澄くん、まだ帰ってなかったの？」

頭からバスタオルを被ってシャワーブースから出ると、スクラブに血を付けた医師が、ポケットに両手を突っ込んだまま、白衣を鳥の翼みたいにバサつかせつつ道を塞ぐ。

医師につく敬称なしに久澄を呼ぶ相手など、研修先のこの病院では数が知れている。

「当直明け間際に、フライト要請が入ったんですよ。……建設中のリゾートホテルの足場から、若い職人が落ちたって。それで俺が対応したんです。東條《とうじょう》先生」

「ああ、さっき来た威勢のいいやつか。肩と鎖骨、あと腕の複雑骨折？」

一般人が聞いたら目をみはるだろう怪我《けが》だが、救命救急医にとっては日常茶飯事。これぐらいで驚いてはいられない。

研修医を終え、救命医を専攻して二年目でしかない若造の久澄ですらこうなのだ。

本来の所属先である英朋医科大学病院で、救命救急副センター長を務める東條にとっては、なおさらだろう。

もう興味をなくしたのか、血がついた自分のスクラブを指で摘まみ、匂いを嗅いでいる。

「頭部打撲がありましたので、脳神経外科に単純ＣＴを依頼し、問題がないようでしたら整形が引き受けることで話はついています」ＩＣＵのベッド数は変化なしで。

「ほいほい。……ま、引き継ぎで聞いてたけどね。二日も連続でご苦労様」

にっ、と白い歯を覗かせて笑う。

久澄と変わらない年齢に見えるが、東條は五つ上かつ、研修時の指導医でもあった。

「でもさあ、そこまで肩肘張らなくてもいいからねえ。……俺らは結局、ヘリ研修を受けるお客さんなんだから。もっとここのスタッフと打ち解けてもいいと思うんだけどなあ」

血しぶきが飛んでいる白衣を、久澄のフライトスーツとは別の医療クリーニングカートへ入れ、東條が大胆にスクラブを脱いで笑う。

「……相手に下心がなければ、そうするんですけどね」

うんざりしつつ、髪の水滴を拭う素振りで頭をガシガシと乱雑にかき回す。

陸上をやっていたせいで身長が高く、体つきも整っている久澄は、人込みの中でもなにかと目立つらしく、なにかと女性に声をかけられることが多い。

それでなくとも、〝大きな製薬会社の社長令息〟かつ〝医師〟ということで、久澄を誘惑し、玉の輿を狙おうとする者が多すぎた。

結果、久澄は半分女性嫌い、あるいは人間不信気味のところがあり、仕事中は必要以上の会話はしないし、仕事が終わればもっと無口になる。

例外は、一緒に研修に来ている同期の医師である堀口《ほりぐち》と、自分と彼の二人のお守りをしつつ、フライトドクター指導医の認定を目指す東條ぐらいだ。

この二人は、同じ陸上部の後輩とOBの関係にあるため、比較的普通に接することができる。もちろん、久澄がアスライフ製薬の社長子息であることを知った上でだ。

「いーじゃない、下心。……どうせこっちは一ヶ月半もいないんだから。ここは南国沖縄。一夏のアバンチュールも悪くない。避妊を忘れなきゃの話だけど」

自分の発言のなにが面白かったのか、東條は、アハハと声を上げ笑いつつ、久澄の背中を派手に叩く。

ふざけた性格だが、突然の怪我や病気でパニックになった患者やその家族から、話を引き出すことにかけて右に出る者はなく、スタッフの誕生日はもちろん、知られたくない黒歴史まで握っている――なんて都市伝説もある。

「どちらにせよ、フライト研修は建前で、本音はここの医師不足のフォローでしょ」

フライトドクターの養成という大義の裏に隠された、切羽詰まった事情を事もなげに言われ、久澄はいよいよ面食らう。

その通りだ。

ドクターヘリの研修であれば、東京でもやっている。

離島が多い沖縄や長崎などにも研修病院はあるが、人口とカバーエリアが広い東京のほうが、研修先としては人気がある。

にもかかわらず、久澄が沖縄にいるのは、研修ついでに沖縄の関連病院に加勢してこいという、上の意図があるのだろう。

夏の沖縄は観光客が増える。

だが、地元民と違い、熱さに対する耐性も、やりすごす知識も持たない観光客は、一番日差しが強い時間に出歩いたり、泳いだりして、熱中症からの脱水、火傷《やけど》などで救急沙汰になり――自然、人手は足りなくなる。

ちょうど久澄も、父が大量に持ってくるお見合い話（どれも政略絡みなのが見え透いている）に、うんざりしていたこともあり、二つ返事で話を受けたのだが。

「そんなに、肩に力が入って見えますか」

「見えるよ。もっと気軽に行きな。だいたい、久澄くんは働き過ぎ。……地上勤務ならともかく、フライトのあと当直を二日連続っては、患者にとってもよくない」

そこだけ急に真面目な声で指摘され、久澄は素直に頭を下げる。

だれだって寝不足の救急医に処置されたくないだろう。特に生き死にの瀬戸際なら。

「言われていることは納得できますが、合コンには行きませんよ。堀口じゃあるまいし」

もう一人、研修で来ている同期の名を上げれば、東條はまあねえ。と微苦笑する。

「もう整形の看護師と話つけたんだって。早いよね。……しかも、久澄くんところにきてた、あのスチュワーデスさんとも、合コンするみたい」

意味深な表情で顔を向ける東條に、久澄は肩をそびやかす。

「井口凜々花とですか」

ドクターコールを受けた飛行機に搭乗していた、女性客室乗務員だ。

顔だけを見れば、テレビで見かける女優より美しく、スタイルもいいが、病人に付き添っていた時、面倒そうな表情をしていたことや、久澄が医師であること、腕にある時計が高いものであると気付いた途端、控えめで甲斐甲斐《かいがい》しく世話を焼く優しい女性を演じ始めたのを、久澄はきちんと見抜いていた。

（本当に控えめで甲斐甲斐しい女が、毎日、お礼にかこつけて病院に押しかけるか）

患者の家族でもなく、なにができる訳でもないのに、急病人である老婦人を搬送する救急車に同乗し、あげく、〝機長がお礼をしたいと申されてます〟と告げ、再三、久澄をホテルでの食事に誘い込もうとしていた。

（プレミアムクラスで病人とその家族を見守っている時に、珈琲《コーヒー》の差し入れを装って名刺を置いて行くような女だ。……なにも考えず誘いを受ければ、酔い潰された挙げ句、翌朝ホテルで裸で抱き合っていたなんてオチになりかねない）

毎日のように来ては口説くものだから、周囲のからかいのネタになる上、スチュワーデスとの合コンと若い男性医師から突かれる。

たまりかねて、相手の職場に電話し、ありがたいですがこちらも仕事があるのでと、丁重かつ断固とした断りの電話を入れれば、機長がお礼に会食を申し出たことはなく、あのドクターコールを理由に、医者である久澄に接近しようとした凛々花の嘘であることが発覚した。

本来なら厳重注意の上、内規に照らして処分されかねない話だが。

（本社重役のお嬢さんだから、チーフも強く言えない……とあってはな）

しかも正社員ではなく、空いた時間に空いた便に乗るという派遣扱いの乗務員で、現在、夏期休暇として沖縄に滞在しており、業務外時間に当たるため会社も口を出せないらしい。

あのときのチーフが申し訳なさげに謝罪するので、こちらも気の毒になってしまった。

「堀口が引き受けるなら、喜んでお願いしたいですね。俺は自分のことで手一杯です」

「そうは言うけどねえ。………そういえば、今日、顔を見かけたよ」

やっぱりか、と盛大な溜息を落とし久澄は先手を打つ。

「それも井口凜々花ですか」

表情にも顔にもうんざりしているのが出てしまう。

どうしたものかと逃走経路を練っていると、東條が違う違うと手を振った。

「天久さんのお孫さん。碧衣ちゃんって言ったかな。よくお見舞いに来てるよね。……遊びたい年頃な上、来年は就活と卒論で夏休みなんてないだろうに、エラいよ」

一日おきとの言葉に、なのになぜ自分は会えないのかとムッとしたのも束の間、東條の台詞に驚き声をあげてしまう。

「就活と卒論って……彼女、大学生なんですか！」

シャワールームに久澄の声が反響し、東條が露骨に顔をしかめて耳に指を突っ込む。

「知らなかったの？」

「いや、てっきり高校生だと……」

思わず口に手をあてて目をさまよわす。来年が就活ということは大学三年生だ。

未成年ではないとわかった途端、急に挙動不審になるなんて、どうしたことかと自分でも驚きつつ、久澄は飛行機での碧衣を思い出す。

下がり気味の目を不安そうに陰らせつつも、自分より祖母ばかり案じていた。

緊急着陸の可能性に不平不満を漏らす客たちになじられる中、自分も怖いだろうに、大丈夫、大丈夫と無理をした笑顔で祖母を励ましつづけていた。

その時の健気《けなげ》な様子と、祖母の容態が落ち着いた時に見せた和んだ表情にドキリとした。

赤みを帯びた珍しい赤橙色の髪に白い肌、なにより潤む大きな瞳が印象的だった。

シンプルなブラウスに紺色のフレアスカートという上品な装いも好ましく、素直に綺麗な子だなと思った。

だが容態が落ち着いたとはいえ、彼女の祖母の状態は油断できないものでもあったから、湧き上がりそうな邪念を、医師という仕事に対する信念と理性でねじ伏せていた。

どちらにせよ、彼女とはこれきりだ。

偶然、飛行機の中で縁をもった急病人の家族とドクターコールに応えた医師では、どうやったって仲が進展しそうにない。おまけに彼女は未成年だ——と思っていた。

いくら相手が好みで気を引かれても、未成年に手を出すほど落ちぶれてない。

誤って手を出し問題になれば、医師としてのキャリアに傷がつく。

医学生として六年、研修で二年の苦難が無駄になるどころか、久澄が医師として働くことにいい顔をしない父親が、それみたことかと手を打ってはやし立て、自分の後継ぎとなれとうるさく言うに決まっている。

だから、救急車——その後の処置までで、碧衣との時間は終わりだろうと思っていた。

が、精密検査の結果、彼女の祖母には三週間ほどの入院が必要となり、期せずして、久澄が研修で一ヶ月半滞在する病院が検査や投薬治療などを引き受けることとなった。

——ひょっとしたら、会えるかもしれない。

そんな期待を持ちつつ、時間があれば〝自分が診た患者の様子が気になる〟という建前で、彼女の祖母の病室を訪れてはいたのだが、久澄だって遊びで来ている訳ではない。

週に二日はフライトドクターの先輩について、現場研修の名の下、ヘリでの治療や準備、判断などを学び、残りの四日は救急医として地上勤務では、昼食を食べるのも難しいほどで——今まで、ずっと会えずにいた。

いや、噂《うわさ》で耳にすることはあった。

祖母思いの孫で、心臓血管病棟と同じフロアにある小児外科の患児たちに慕われ、看護師に反発するきかん気の強い子さえも、碧衣の言うことは素直に聞くだとか。

実際、ヘリポートから病棟に繋がる渡り廊下を歩いている時、入院している子ども達と碧衣、それに老人までもが、楽しそうにお手玉をしているのを見たこともある。

あと何歳か年齢が上なら――未成年でなければ、もっとはっきりとした好意を、あるいは恋を抱けただろうに。

そう思って手出しどころか、行動や視線にも出さないよう気を付けていたのに、まさか我慢する理由などなかっただなんて。

にわかに騒ぎ出す気持ちを押し隠しながら、そうですか。などと答えれば、東條は上の空な久澄などどうでもいいのか、さらに雑談を続けた。

「そんなに心配しなくても、お祖母ちゃんは俺たちがちゃんと診《み》てるから少しは遊んできなってグラスボート遊覧のチケットをあげようとしたの。彼氏とでも行ってきなって」

つい先日、コンビニのキャンペーンで、東條が引き当てたペアチケットのことだ。

「彼氏とって……、彼女、彼氏いるんですか」

「いや、知らないけど。……いないんじゃない？　なんかねえ、天久さん、実家は沖縄だけど、普段は東京で碧衣ちゃんと一緒に暮らしてるんだって。だからかな？　知り合いも友達もこっちにいないから、貰っても行く相手がいませんって、笑って遠慮されちゃった」

食い気味に話に絡んだ久澄を白けた目で見つつ、東條はポケットから白いビーチやパラソルが印字されたチケットを出し、久澄の鼻先で扇のようにひらひらさせる。

「だからねえ、働き過ぎの久澄くんにあげる。…………ナンパでもして、女の子と海で遊んで、リフレッシュしてきな。これ、上司命令ね」

言うだけ言って伸びをすると、東條は自分に割り当てられたロッカーからバスタオルや、ボディソープを取り出し、そのままシャワーブースの中へ消える。

しばらくして、ブースの中から派手な水音が聞こえだしたが、久澄の意識は、無理矢理に握らされた二枚のチケットにある。

(ナンパでもしてって……。俺がする訳ないってわかってんだろうが)

内心でぼやく。口が悪いが、本人に聞こえる訳ではないので気にしない。

(大体、なんで、彼女に最初に出会った俺より、東條先生のほうが、あの子が東京出身だの、大学三年だの知っているんだよ)

単純に遭遇率の違いによるものだが、それでも、なんだかムッときてしまう。

貰ったチケットを握りつぶし、ゴミ箱へ投げようとして、やめた。

捨てたら捨てたで、それをネタにからかわれるのがわかっているし、最悪の場合、久澄を狙う女性スタッフにバレて、迷惑でしかない色仕掛けが増えかねない。それは嫌だ。

美しい女性を見れば美しいと思うし、女性特有の優しさやものの考え方に敬服させられることは多い。多分、性欲だって年齢相応にあるだろう。

女性不信かといわれれば否と答えるが、女をアクセサリーか服のようにとっかえひっかえして遊ぶほど暇でもない。

研修が終わり、救急医となって三年。

医師としてそれなりの立ち回りはできるが、学ぶべき知識も技術もまだまだある。

なのに性欲や自己承認欲求、あるいは男としてのプライドを満たす為だけに女を作り、関係を維持するなど、時間の無駄ではないか。

必要だと思えるようになったら作る。今はその時期じゃない。単純にそれだけだ。

そもそも、久澄に寄ってくる女性がいけない。

医師あるいは——大手製薬会社社長令息。そんな肩書きにばかり目を向け、久澄自身の本質などどうでもいい。

彼女らが男に求めるのは、安定した将来、約束された贅沢、連れ歩いて自尊心が満たされるような容姿やステータス。そういうものだ。

ならば、同類同士、女性をアクセサリーと考えるような男とよろしくやればいい。

(俺が相手に望むのは、誠実なことと一途《いちず》なこと。側にいて、お互いが素でいられること。目が合えば自然と微笑んでしまう。そんな関係を築いて維持できること)

つまり、人間性で共感し、敬愛し、尊重しあえ——そして清楚《せいそ》であれば言うことはない。

突然、脳裏に碧衣の顔が浮かび、ぎくりとした。

予想だにしない事態が起こり怖いのに、大丈夫だと、自分がいると、祖母に優しい声で語りかけ、励ます姿。

貧血か確かめようとした久澄が、顔を近づけただけで赤面する初々しさ。

羞恥に染まる肌を、頭から毛布を被って隠そうとするかわいさ。

なにより、彼女は一度だって祖母を責めなかった。

連れが窮地に陥れば、どうしたって、自分の責任ではないと相手を責めがちになる。いい年齢の大人だって、どうして具合が悪いといわなかったのか、どうして早めに教えなかったのかと、顔をしかめるぐらいはする。

けれど碧衣は、心から祖母を心配し、励まし、周囲の責めから守ろうとした。

（あんなに、小さい肩で、触れたら折れそうな細いうなじで……）

赤茶けた髪の間から見えた首筋の、抜ける白さが脳に蘇《よみがえ》り、久澄は慌てて頭を振る。

「なにを考えているんだ。俺は」

こんな風に、誰かを思い出しぼうっとすることも、気になることも初めてだ。

（……東京と違う環境に来ているから、メンタル的な負荷がかかっているのかもしれない）

そうでなくとも、ここのところ猛暑日が続き、熱中症となった観光客の救急搬送でパンク気味だったのだ。疲れと寝不足で理性がゆるくなっているのかもしれない。

——そもそも、東條が悪い。

碧衣に会っただの、ペアチケットで彼氏と遊びにいけだの、それを今度は久澄に渡してナンパしろだの。

（チケットを持て余してるが、捨てるのはもったいない……ってだけだろ）

溜息を落とし、ロッカーから出した、半袖のTシャツとデニムの私服に着替え、井口凜々花が待ち伏せしているであろう職員通用口ではなく、一旦上に上がり、渡り廊下から病棟へと移動し、給食室横の搬入口から外に出る。

うつむきがちに歩いて国道を渡った先にあるバス停を目指す。

ここらあたりは、モノレールの路線から離れているため、どこへ行くにしてもバスか車が必要になる。

呼び出しがある時はタクシーで移動するが、仕事明けの時は、よほど日差しが強くない限り、バスを利用するようにしている。

体力維持のためもあるが、ホテルに戻ったところで、ジムを利用するかバーで飲む他にさしてやることもなく、時間が余りがちなのもある。

いつになく早足になってしまうのは、お呼びでない女に追い回されて、会いたいと思っている女性には会えないどころか、他の男のほうが仲良くなっていることに、むしゃくしゃするものがあったからだ。

アスファルトを見ながら、額から汗が落ちるのにも構わずどんどんと進む。

「あっ……」

驚く声が聞こえて反射的に顔を上げれば、小柄な娘が眼前におり、目も口も大きく開いて久澄を見ていた。

あぶない、と思っても早足の勢いは急に殺せない。

かろうじて足は踏みとどまってくれたが、揺らいだ上体が軽くぶつかってしまう。

「うわっ、ごっ……ごめん！」

「いえ、大丈夫で………久澄先生？」

鼻を押さえ、怒ってもいいはずなのに笑いながら娘――碧衣が言うのに驚き、ついえ、見とれてしまう。

「どうしたんですか？　考え事でも？」

「いや、君こそ」

「売店でアイスクリームを食べていたら、乗り遅れちゃいました」

そう言って、隣にあるバス停の時刻表を出し、碧衣がぺろっと舌を出す。

愛らしい仕草に煽られ、久澄の心臓が大きく波打つ。

今日の碧衣は、白のノースリーブワンピースに、シャーベットのような淡く甘い色をした薄いカーディガンという、清涼感と上品さのある装いだった。

十分以上外で待っていたのか、額や首筋に汗の粒が浮いており、白い肌の上をつうっと滑る様子がなかなかに艶《なま》めかしい。

その上、服の下に潜り込んだ汗は、薄い夏物の生地に染みて、すぐに肌の色を透かす。こうなると服のデザインが清楚な分、余計にいけないものを見ている気になってしまう。久澄は加速する鼓動がバレないように祈りつつ、さりげなく目を時刻表へ移動させた。

「まだ待つのか？」

そうなら、いっそタクシーを止めて送ってやろうかと思う。というか、送るべきだ。女っ気のない自分が見ても、つい心が揺れてしまう姿だ。それを無防備に晒す碧衣を、他の男の目に見せるのは犯罪に等しい――ように感じた。

「そうですね。……あまり、時間通りには来ないから」

島全体がのんびりしているのか、あるいは東京がきっちりしすぎているのか、ここではバスの時刻が十五分や二十分遅れるのはよくあることだ。

「……だったら、送ってやろう」

「ええっ！　いえ、そんな訳には……」

変な提案だったのだろうか。女性に興味がない分、女性に対する誘い文句のレパートリーもない久澄は、言動が直球過ぎたかと反省し、付け加える。

「日差しは落ち着いてきているが、涼しくなるまで時間がある。熱中症になるよりは」

女性を送ろうとしているというより、患者を諭すような口調になってしまったからか、碧衣が目を丸くし、ついでぷっと吹き出した。

「先生ったら。……さすがに、暗くなるまでにはバスは来ますよ」

「確かにそうだが」

「それに、お祖母ちゃんの命を救ってくださった恩人に、そこまでお世話になるのは申し訳ありません。……そうだ。きちんとお礼もしていませんでしたね、先生、ありがとうございます」

きちんと育てられたのだとわかる、丁寧なお辞儀をされドキリとする。

「今は忙しくて来られないそうですが、祖母の退院の時には父が改めてお礼をするそうです」

律儀に伝えてくる碧衣にうなずくこともできず、久澄は意味もなくデニムのポケットを探り目を泳がす。

彼女が遠慮してここで別れれば、次はいつ話す機会があるかわからない。

「タクシーなんて、一人乗るのも二人乗るのも同じだろう。それに…………そうだ。時間があるなら、これに付き合ってほしいんだ」

半分やけになりつつ、東條から譲られたチケットを差し出す。

ホテルのゴミ箱にでも捨てようと考え、ぞんざいに扱っていたせいで皺《しわ》がよった紙切れを見て、碧衣は驚きの声を上げる。

「グラスボート？」

「同僚から貰って、興味があるんだが、男一人でこういうのに乗るのはちょっと……。だから、もし君が嫌じゃなければ、お礼だと思って付き合ってくれると嬉しい」

偶然、碧衣に遭遇するとは考えてもいなかったので、デートの誘い文句も練れていない。だから、ひどく直球な台詞になってしまった。

「海、好きなんですか」

なにか変なことを言ってしまったのだろうか。碧衣がわずかに頬を上気させつつ、伺うようにそろりと尋ねる。

「好きだな。海も、空も、見ていると落ち着く」

つい本音で言うと、碧衣は、少しだけ黙り込んで、小さい声で私もと囁いた。

「じゃあ、話は決まりだ。……俺と海を見に行ってくれないか」

次のチャンスがあるかわからない。だから逃せない。そんな気負いからやや強引な言い方になるも、碧衣は気にした様子はなく、はにかみながらうなずいてくれた。

気持ちが舞い上がっていて足下がおぼつかない。まるで雲の上を歩いているみたいだ。

（嬉しい。久澄先生とデートできるなんて）

いや、正確にはデートではない。告白された訳でも恋人同士でもないのだから。

久澄が同僚からもらったペアチケットを持て余している処に、偶然、自分が居合わせただけだ。

(勘違いしちゃ駄目。お礼の代わりにって先生も言ったでしょ)

調子に乗ってはいけない。碧衣は浮かれる心に釘《くぎ》を刺そうと試みるが効果はない。端から見ておかしくないだろうか。考え、つい髪に手をあてたり、服の表面を撫《な》でたりしてしまう。

しかも、今日、碧衣が着ているのはごく普通かつありきたりな袖なしワンピースだ。

(こんなことなら、ちゃんと可愛く見える服を着てくればよかった)

祖母のお見舞いにめかし込むのもおかしいだろうと、シンプルで清潔感のある服装を選んだが、デートに誘われるとわかっていれば、もっと可愛い格好をしてきたものを。

手持ちの荷物に入っている花柄のフレアスカートや、すこし上等なサマーニットを頭に浮かべつつ、残念に思う。

当直明けなだけあって久澄の服装もTシャツにデニムという格好だが、相手は高身長かつ眉目秀麗。その上、こちらに来て日に焼けた分だけ、凛々しさと野性味が増していて、男ぶりがすごく上がっている。

ホテルのフロントで彼がグラスボートの乗船手続きをしている間も、若い女性客らが声をかけたそうにしていた。

「ね、すごいイケメン。しかも場慣れしているし、あの時計、ぜったいお金持ちよ」

「ほんと、逆ナンでもいいから誘いたい」

なんて聞こえてくるのに、そうでしょう。そうでしょう！　と、自分のことでもないのに自慢げになってしまう。

そうやって、浮かれて天狗《てんぐ》になったからだろうか。待ち合わせのそぶりで久澄を見ていた女性客の一人が、これみよがしに溜息をついた。

「駄目よ。妹づれでしょ、あれ。コブ付きだと最後まで楽しめないし面倒だわ」

内輪の話を装って、その実、碧衣に聞かせる気満々のあてつけが胸に突き刺さる。

（そう、だよね……。恋人っていうより、〝妹〟だよね）

早生まれで、今年の三月にやっと二十歳になったばかりな碧衣と、すでに医師として独り立ちしている久澄では、風格も余裕もまるで違う。

七年の年の差は思っているより大きい。

（せめて、もう少し大人っぽく見える顔とか、体つきだったらなあ）

そうすれば、久澄先生も少しは意識してくれたのかも。

くだらないことを考え、落ち込みそうになる気持ちをごまかそうとしたが、うつむいた顔はなかなか正面を向いてくれない。

手続きが終わったのか、フロントでやりとりしていた久澄が振り返る気配がする。

顔を上げきれないままでいると、彼が履いているローファーの靴先が視界に入り、ついで、髪がさらっと指で撫でられた。

「えっ……」

櫛《くし》のようなものが通される感触に驚き、頭を上げれば、久澄が少しはにかみながら「急に動くと落ちてしまうぞ」と、碧衣の右側頭部を差し示す。

なんのことかと頭に手をやったのと、フロントの背後を飾る鏡に自分が映ったのは同時だった。

赤茶けた自分の髪に、華やかな色が宿っていた。

大輪の花弁を開かせた真紅のハイビスカスと、その周りで愛らしく揺れる白いプルメリア。そして房となって控えめに下がるピンクのブーゲンビリア。

沖縄の花を集めた小さなブーケが、髪飾りとして碧衣を彩る。

そして多彩な色が加わったことにより、地味な普段着でしかないワンピースの白さが引き立ち、より碧衣を清楚かつ可憐《かれん》に見せている。

まるで魔法みたいだと目を丸くしていると、そんな様子がおかしかったのか、久澄が微笑ましげに目を細め告げた。

「ペアチケットの特典らしい。手に持ってもいいそうだが、碧衣さんなら髪に飾ったほうが綺麗だろうと」

二つの単語にどくんと心臓が大きく跳ねる。

綺麗だと言われたことと、そして。

「碧衣、さんって……」

頬が赤らむのを隠す余裕もなく、緊張に満ちた声で聞き返せば、久澄は困ったような、照れている風な仕草で己の頬を掻《か》いた。

「いままでは高校生かと誤解してたし、周りのドクターが〝碧衣ちゃん〟と呼んでいたから。……でも、成人しているのに、ちゃんって呼ぶのはおかしい気がして。嫌かな？」

「全然。嫌じゃないです」

ほんのわずかだけど大人の女性として見て貰えた。そのことが口を逸らせる。

「よかった。馴《な》れ馴《な》れしすぎるかなとも思って、実はちょっと、勇気がいった」

あははと声を出して笑われ、碧衣はぽかんとする。

飛行機の中で颯爽《さっそう》と祖母を助け、救急部では果敢に人の命と向き合う久澄が、碧衣の呼び方一つで勇気を集めたなんて。

それが嬉しくて、くすぐったくて、つい笑うと、すぐ、笑うなよと額を突かれてしまう。

「そこまで笑うなら、笑えないことしてやるぞ」

「どんなことですか」

売り言葉に買い言葉なノリで返した途端、久澄が素早く手を繋いできた。

（う、わ……）

心の中で奇声をあげたが、実際はもう声を出すどころではない。

飛行機を降りる時にも手を貸してもらったが、今日の繋ぎ方はそれとは違う。指と指がしっかりと絡んで——まるで、恋人のようだ。

驚きのあまりなにも言えずにいると、久澄はちらと、目線を横にずらし、先ほど碧衣を妹だのコブだのいっていた女性客のほうを軽く睨《にら》んでから言う。

「つまらない外野のことなんか気にせず、俺とのデートを楽しんでくれないと、困る」

一瞬、絡む指の力が強くなり、それから甘える仕草で男の指が手の甲を撫でる。

「久澄、せんせ」

「ほら。グラスボートの船着き場はあっちのビーチ。……もう連絡が行ってるから、早くいかないと船頭さんを待たせることになる」

まっすぐに見詰め返す碧衣をまぶしげにみていた久澄が、思い出したかのように手を引き、ロビーをよぎりビーチへと出る。

それからどこをどう通ったのか、まるで記憶にない。

気付いた時には蒼く透き通る海の上にいて、久澄と肩を並べてボートに乗っていた。

ゆるり、ゆるりと船が浜を離れていく。

船底に張られたガラス越しに、白い砂と碧色の透き通った海水が流れていく。

小さな珊瑚《さんご》の欠片《かけら》やヒトデ、砂に流されがちなヤドカリなどが見えたのも束の間、船はあっというまに遠浅の内湾へ至る。

波の動きに合わせて揺れるソフトコーラルと呼ばれる白い珊瑚の群落が見えてくると、船頭はエンジンを切り、古いオールでゆっくりと船を漕《こ》ぐ。

ペアからファミリーが対象になっている小型グラスボートならではの、ゆっくりとしたツアーだ。

一定のリズムで波が舷側にぶつかるが、さほど強くはない。

二人が乗り込んだ時間は夕方で風が凪《な》いでおり、潮も引きに入り始めている頃だからだ。

まるでゆりかごのような穏やかさで揺れる舟の中、さざ波の音を聞きつつ、久澄と身を寄せ合ってボートの船底越しに海を眺める。

さすがにもう手は繋いでないが、舟が小さいので、波ごとに互いの肩が触れて離れる。

恋人のように密着しない、けれど、完全に他人には見えない、親しみに満ちた距離感に久澄を感じながら、じっと海を見ていると、魚が珊瑚礁の影から姿を現しだす。

「うわあ……」

白とオレンジの色づかいが鮮やかで可愛いクマノミに、海より青い鱗《うろこ》をもつルリスズメダイ。ひれの先が触角のようにピンと伸びたツノダシに、黄緑に青とカラフルな模様をしたヤマブキベラ。

東京の食卓ではまず見ない色鮮やかな魚たちが、透き通るひれをくゆらせながら泳ぐ様は、たとえようもないほど美しく、碧衣はすっかり魅了されてしまう。

祖父が生きていた頃は祖母も沖縄で暮らしていて、休みごとに母と訪れ過ごしていたが、こうして海を見るようなことはなかった。

終わることなく続く自然の営みに心奪われていると、久澄がかすかな声で囁いた。

「綺麗だな」

「そう、ですね。……とても」

綺麗ですよね、と相手をみて続けようとしたまま碧衣は言葉を失う。

というのも、久澄が見ていたのは海の底ではなく、碧衣だったからだ。

あわてて顔をそらし海底を見つめ直す。けれど意識はずっと久澄のほうを向いたままな上、頬から項までが変に熱っぽくなる。

肌が朱に染まっていくのがわかる。けれど隠すことができない。

手で肌を覆えば、自分が久澄を意識しているのだと、異性として魅《ひ》かれているのだと知られてしまいそうで。

夏の日差しより強く、じりじりと肌を灼《や》く男の視線を感じつつ、碧衣はなんとか空気を変えようと頭を働かす。

「あ、あの……。久澄先生は、どうして、沖縄の研修に?」

フライトドクター候補生向けの現場研修だと聞いていたが、それであれば、わざわざ沖縄を選ぶ必要もない。

東京のほうがドクターヘリを持つ病院は多いし、空きがなければ関東まで範囲を広げる選択肢もあっただろう。

なのに、どうしてわざわざ南の果てへ来たのか。

恥ずかしさから逃れようと口走った問いに、久澄はくすっと笑ってから応えた。

「終わりのないものが好きだったからかな。ありきたりだとは思うが、青い空と青い海が続く場所で仕事をしてみたいのもあった。沖縄だと僻地《へきち》医療も経験できるし。だけど一番は……親父《おやじ》と喧嘩《けんか》したからかな」

悪戯じみた仕草で口端をあげられ、つい笑ってしまう。

「嘘ばっかり。そんな理由で来るなんて家出みたい」

やっと緊張が抜けた碧衣が久澄の方を見ると、彼はしたり顔で続けた。

「いやいや、嘘じゃない。……研修医ではないけど、救急医としてはまだ半人前でしかないのに、うちの親父と言ったら、もう年頃なんだからと見合……」

さらに話を続けかけた時だ。

今までとは違う濁った波音がするや否や、大きく舟が揺れ動いた。

「きゃ……」

小さな悲鳴が口から漏れ消えたのと、側にあった久澄の顔が視界いっぱいに広がったのは同時だった。

あっ、と思った次の瞬間には、二人の顔が触れあって、そうなるのが決まっていたように自然に唇が重なった。

引き締まった形からは想像もできないほど、柔らかくて熱いものが唇の表面に触れる。

それが久澄のものだと理解した途端、体中の毛穴がぶわっと大きく開いて、体温が急上昇した。

大波で舟が揺れたのだと気付くも、どうすればいいのかわからない。

頭の中が真っ白になって、なんにも言葉が思いつかない。

ごめんなさいとか、こんなことになるなんてとか、そんな台詞が空回りするけれど、どれもこの状況に相応しいものでないような気がして、碧衣は上手く取り繕えそうにない。

なにを言えば、どうすればと目を回していると、久澄がふっと目を細めて碧衣を見た。

甘くて苦い切なさが、胸から腹の奥へと滴り落ちる。

今がどこで自分が誰なのかすらわからなくなり、ただ、自分を見詰める男の――否、雄の、ある種の感情を含んだ瞳に心が締め付けられる。

喘《あえ》ぐ動きで唇を震わせ、かき消えそうな声で呟いた時だ。

久澄の手が碧衣の頬をそっと包み、はっきりとした意図を持って顔を傾け――再び二人

の唇が触れる。

触れて、離れて、また触れる。

海の揺れに身を任せるようにして、久澄は碧衣の唇に自分のそれを触れさせ、時には食《は》むようにして感触を与え、味わい、陶酔しだす。

碧衣も同じで、海が揺れるから、だからと心のどこかで言い訳しつつ、男にされるままさざ波のごとく繰り返されるキスに身をまかせる。

——ファーストキスだ。

白昼夢かもしれない。自分が都合のいい妄想をしているだけかもしれない。けれど、この瞬間を永遠に出来ればと心底こいねがう。

けれど実際はそう長い時間でもなかったのだろう。

「おーい、大丈夫か?」

握ったオールで波をさばいて安定させた船頭が、のんびりした声で振り返る。

この舟に二人だけでなかったことを思い出した碧衣は、羞恥に震えつつうつむく。

「大丈夫です。……大分、揺れましたね」

「タンカーやさー。ありが通たるゆい」

ぱしゃんと水音がして、船頭がオールの先で水平線のほうを指したのが影でわかる。

「結構、近くを通るんですね」

「外海が荒《あ》りとーけ。……普段は岬ん外を通るさ、あのあたりから海は深くなとーん」

久澄はなにもなかったように会話しだしたが、さりげなく船頭の視線から隠すように碧衣の肩を抱き寄せることを忘れはしなかった。

距離の近さに目眩《めまい》がする。こんな風に側にいられては鼓動の速さで好きなのが、大好きなのが伝わってしまいそうだ。

悶《もだ》えたいのを我慢しつつ、碧衣は自分を抱き寄せる逞《たくま》しい腕にそっと身を寄せ、心の中で問い返していた。

（久澄先生、これはデートでいいんですよね）

友人でもなく、彼女でもないけれど、他人でもないのだと。

この幼い恋にわずかな希望をもってもいいのだと、碧衣は自分自身を勇気づけていた。


グラスボートでデートしてから、碧衣と久澄は見知らぬ小動物に触れるような慎重さで、しかし確実に心の距離を縮めて行った。

相手との関係を探り、壊さないようにそっと近づいて触れ、大丈夫かと確かめるやり方は、端から見れば微笑ましい、あるいは焦《じ》れったいやり方だったのかもしれない。

けれど碧衣はそれだけ、初めての恋に慎重だったし、久澄はさらに慎重だったように思う。

それは、久澄が医師という肩書きを持っているからではないかと、碧衣は頭のどこかで理解していた。

病気の苦痛や孤独感から、治療に当たる医師の熱心さに感化され、特別になればもっと熱心になってもらえると誤解し、恋愛じみた感情を抱く患者は少数ながら存在する。

同じように、担当する医師への信頼と懇願を恋愛と取り違え、家族を助けてもらおうとすがり、迫る患者の家族も稀《まれ》に存在する。

ゆえに、治療や看病に当たる医療従事者は、ある種の壁を築くよう教育され、相手を不快にさせないよう対処することが求められる。

久澄への碧衣の思慕は許されても、久澄が碧衣に対して露骨に親しくすれば、職場でいい顔をされないだろうこともわかっていた。

それでも、自分だけが思いを育て焦がれる分には、問題がないと思っていた。

会釈《えしゃく》しあうだけの関係から、挨拶をする関係に、そこから雑談するまでは問題ない。

けれど、一度、飾らない心に触れ、触れられてしまえば、どうしたって欲はでる。

もう少しだけ話してみたい。時間を過ごしたい。

互いが同じことを考えているとも知らず、碧衣は、まるで兄か親族の男性に対するように、病院の外でも久澄と会うようになっていった。

互いに立場を図り、気遣っていたので、肉体的な接触は、人込みで手を繋ぐとか、ぶつかられそうになった時に肩を抱いて庇われるとか。同年代の子たちからは笑われるほど健全で、色気がなかったが、それでも、植物園や水族館へいったり、そこにあるカフェで食事をしたりするのは楽しかった。

あまりにも楽しすぎて、夕暮れが来るのが辛いぐらいだった。

久澄は大人で――だからこそ、碧衣に対して紳士で、南国の沖縄ではまだ宵の口とも言える時間に、碧衣を家の近くにある駅まで送り届け帰って行く。

そんなことが、二週間ほど続き、いよいよ祖母の退院が見えてきた時だ。

碧衣の不安に影を落とす出来事が、不意に起こった。

場所は、久澄が滞在するホテルだった。

新都心と呼ばれ、モノレール駅に直結して建てられたホテルは真新しく、利便性の面はもちろん、ビジネスセンター機能も充実している。その他、フルーツをふんだんに揃えた彩り豊かな朝食や、高層階からの眺望が人気の滞在型で、その日は、ホテルにあるラウンジで待ち合わせして、近くにある小さな映画館でフリーダイビング――いわゆる素潜《すもぐ》りを題材にした古い洋画を見ることになっていた。

碧衣と久澄の共通点の一つは、お互いに海が、特にその透明な碧が好きだということだ。久澄に至っては下の名前が海里なので、生まれつきといってもいい。

だから出かける時は大概、海にちなんだところになるのだが、八月も中盤を越えると外気温が高く出歩くのにはあまり向かない。だから涼しい室内で、海に潜る映画を静かに楽しむのもいいのではと、前日までSNSのメッセージ機能で盛り上がった。

けれど、家を出てホテルの近くまで来た時、久澄から連絡があり、申し訳なさげな声で遅れると告げられた。

それ自体は気にしなかった。久澄の職業は医師の中でも特に緊急性を要求される救命救急医だ。当直明けに帰り支度をしていても、消防署から入電があれば脱いだ白衣を羽織るのも日常茶飯事。

だから碧衣はいつものように、本を読んで時間を潰すから大丈夫ですと答え、予定通り、ラウンジに入った。

夜はバーとしても利用される店だが、昼は地上十四階の高さから那覇市から空港までを海とともに一望できる眺めと、大きな窓からの採光で明るく、客も、恋人同士よりおしゃべりを目的にした女性グループが目立つ。

案内されるまま、海と河が見えるコーナーサイドの二人用席に座り、ハイビスカスティーを注文する。

一時間ぐらい遅れるだろうからと、文庫本を読みつつお茶を飲んでいた碧衣は、うっかりと飲み口からお茶の滴《しずく》を滴らせてしまう。

あっ、と思った時はもう遅く、ハイビスカスの鮮やかな赤い色が服に滲む。

お気に入りの白いブラウスなだけではなく、場所が胸の真ん中で変に目立つ。

これはちょっと気まずいと思い、店員に声をかけて化粧室へ移動した。

ハンカチを濡《ぬ》らして、赤く染みがついたところを叩いていると、化粧直しに入ってきた女性が、鏡越しに碧衣をじろじろ見はじめる。

「あの、なにか……」

口紅を塗るふりをして、何度も見るものだから、つい、まだ染みが別のところについているのかと気になって尋ね、そこで、女性の顔に見覚えがあることに気付く。

(どこかで？)

華やかな、一歩間違えばけばけばしく見える攻めたメイクに、綺麗に巻いた黒髪。

身長は碧衣より高く、スタイルだって出るところが出ていてメリハリがある。

来ているワンピースは切れ込みが深いVネックのワンピースで、皺一つなく身体に沿う縫製《ほうせい》や、胸の谷間が見えてなお上品さが保たれていることから、名のあるブランドの品だとわかる。

格好いい大人の女性だ。自分の魅力を知り尽くし、どう使うか心得ている雰囲気がある。

喉元から谷間へと真《ま》っ直《す》ぐに伸びるゴールドのスティックネックレスも、耳を飾る大ぶりのピアスも、線が柔らかな顔立ちをした碧衣には、到底、使いこなせない。

けれどこんなモデルのような女性、知り合いにいたら覚えているはずだと首を傾《かし》げれば、相手は、いかにも碧衣を馬鹿にした様子でふんと鼻で笑い、それから目を細めた。

「お久しぶりね。ドクターコールで運ばれたお祖母さんは元気にしているのかしら？」

ねっとりと耳に絡むような声に息を吞む。思い出した。この人は——久澄と出会った飛行機で客室乗務員をしていた井口凜々花だ。

着陸後に救急車まで同乗してくれたのに、祖母の容態が心配で記憶に残らなかった。

その節はどうもと、口にして頭を下げかけた途端、井口が小さく吹き出し笑う。

「あの……」

「いやだわ。海里ったら、こんな子を相手になにをしているのだか」

金属バットで思いっきり頭を殴られたみたいに、頭に衝撃が走り、ついで目がちかちかと瞬いた。

（海里。久澄海里……先生の下の名前だ）

海が好きだと、珍しい名前だけどとはにかんで教えてくれた彼の顔が、ガラスのように脳裏で砕け散る。

「あの、久澄先生とは、一体どういう関係で……私に……絡んで」

嫌な予感が形になるまえに聞いてしまいたくて、碧衣は、胸の苦しさを押して途切れ途切れに言うと、凜々花は洗面台へ後ろ手に手をつき、その弾みで自分の化粧ポーチを倒す。

ぱさりと乾いた音がして、パッケージに包まれたなにかが落ちる。

試供品だろうかと、拾うのを手伝おうとし、碧衣はそのまま固まってしまう。

――避妊具だ。

使った事はもちろん、買ったことはない。見たのは保健体育の授業だけという、それほど縁遠いものが、急速に生々しいものとなって碧衣の不安をあおり立てる。

「やだ。どこでヤるかわからないから、私も持ち歩こうと、余ったのを貰ってきたのに」

恥じらいなどかけらもない、どころか碧衣を圧倒しようという意図が見え透いた声が、刃となって鼓膜に突き刺さる。

「どこでって」

「セックスに決まってるでしょ。……彼、凄《すご》いわよね。ほんと。びっくりするぐらい上手いし、タフだし。貴女《あなた》みたいな小娘だと辛いんじゃない？」

親切めかせて、その実、徹底的に碧衣を踏みにじりつつ凜々花が笑う。

「こんな処でする話じゃ……！」

「やだわあ。……やっぱり処女？　そうだと思った。海里も悪い男よねえ。東京から来て、友人もいなくて、祖母が入院してじゃかわいそうだからって同情だけでかまって、思わせぶりなことをして」

綺麗に整えた爪先を弾きつつ、凜々花が赤い口紅が塗られた唇を歪《ゆが》め笑う。

「貴女みたいな子は純だから、すぐ誤解して本気になるわよって注意したのに、研修中だけの関係だから問題ないとか。……同情するわ。勘違いして痛い思いをするのは女なのに、ねえ?」

青ざめ、動くこともできない碧衣の横で、凛々花は弾みをつけて洗面台から身を離す。

「ま、手を出さないだけ良心はあったのかもね。……患者の家族を孕《はら》ませたらキャリアに傷が付く訳だし」

碧衣が不安に思い、だけど見ないふりをしていたものを次々と暴き、突きつけ、凛々花は満足げに髪を掻《か》き上げ化粧ポーチを手に取る。

「私、信じません。久澄先生に聞いて確かめます。誤解は、いやですから」

精一杯の気力を振り絞り、凛々花に一矢報いようと告げる。

怖い。本当だったら。自分は道化で、久澄との時間も終わる。

だけど同じぐらい信じたい。彼の優しさも、誠実さも、同情や演技ではなかったと。

「片方の意見だけは信じません」

震える声で言い切れば、凛々花は勝ち誇ったように胸を張った。

「どうぞ。ご自由に。……ああそうだ。さっきまでやってたから、彼、今、シャワーを浴びてるわよ?　あと三十分もしたら出てくると思うけど」

さっきまで夜通し一緒に居たのだと印象づけつつ、凛々花は自分が落とした避妊具をヒールで踏みつけて化粧室を後にする。

それから十五分ほど経っただろうか。

足下に、パッケージが破れ、中身がだらしなく出たコンドームがあるのを眺めていた碧衣は、急な不快感に襲われ、化粧室から逃げるようにしてラウンジへ戻る。

溺れる者と同じ必死さで元いた席に戻ると、離席時に来ていたのか、久澄が驚いた顔をして振り向いた。

「碧衣さん？」

大好きな声に名前を呼ばれ頭を上げ、碧衣はくしゃりと顔をしかめる。

久澄の髪が――濡れている。

いつもより黒々とし、水気を含んだそれを見ていられず視線を逸らせば、しっとりと湿った風呂上がりの首筋や腕が見え、碧衣は口を押さえ頭を振る。

「碧衣ッ？」

動転した久澄が再び名を呼ぶ。けれどもう、碧衣の耳には届いていない。

「すみま、せん。久澄……先生。ちょっと、気分が、悪くて」

「大丈夫か。なら、俺の部屋に……いや、それは駄目か」

なんでもない独り言が、頭の中を真っ白にする。

久澄が滞在する部屋に碧衣が入れないのは、本気じゃないからなのか。先ほどまで、凛々花と睦《むつ》み合った名残が残っているからか。

凛々花の暴露した話が本当だと言わんばかりに、状況証拠が積み上がっていく。

苦しくて、気持ち悪くて、誤解を確かめると言った気勢は失われ、ただただ、もう、久澄の目の前から消えたくてたまらない。

「大丈夫、です。あの……、病気、じゃないから」

「病気じゃないって、その顔色でなにを……」

さりげなく碧衣の肩を支え、座らせようとする久澄の手を反射的に払う。

爆《は》ぜる音がして碧衣の掌に痛みが走り、久澄が呆然と己の手の甲を見る。

「あ……ごめんな、さ。……本当に、大丈夫です。ちょっと、急に始まっちゃって」

「えっ、あっ…………いや、ごめん」

女性特有の生理症状を匂わせれば、久澄が追及できないと知りつつ言えば、予想通り、彼はうろたえ、誤り、けれど碧衣を心配することだけは辞めない。

「とにかく、少し休んだほうがいい。……ここに部屋を取ってもいいが」

久澄の申し出に頭を振る。

「家のほうが、休めますから。……あの、一人にしてください。本当に、辛いので」

「碧衣……さん」

苦しげに久澄が言うのを押しとどめ、碧衣は荷物を取ってエレベーターホールへと走る。

一気に一階まで降り、もう、お小遣いがなくなろうと、従姉妹からお金を借りるはめになろうとかまわない覚悟でタクシーを呼び止め、振り返らずに座席に乗り込む。

ドアが閉まる瞬間、久澄から呼ばれた気がしたが――碧衣は、錯覚なのだと自分に言い聞かせ、耳を塞いでうずくまっていた。

◇◆◇

――月経とは、そんなに辛いものなのだろうか。

救命救急センターの医局で、研修医向けの救急エッセンシャルブックを片手に思う。

（わからん。……そもそも個人差があるらしいし。俺は男だし）

片腕を枕に上半身だけデスクに寝そべりつつ、久澄は本に掲載されている婦人科症状のページをパラパラとめくる。

けれど内容を読んでいる訳ではなく、ただいたずらに風を起こしているだけにすぎない。

あの日、辛そうな表情をする碧衣を見て、久澄は死にそうな気持ちになった。

送るという申し出を断られたのみならず、手を払われて愕然《がくぜん》とした。

落ち着け。これは月経特有のホルモンバランスのなんたらかんたらが――など、婦人科の講義や、研修医時代の産婦人科ローテーションを思い出し、なんとか踏みとどまったが、そうでなければ強引にでも抱き上げて、自分の部屋に連れていって――大変面倒な事態になっていただろう。

久澄が滞在しているホテルは、同じ研修スケジュールをこなす堀口や東條も利用しており、予約した日が同じため、互いの部屋も極めて近い。

碧衣を部屋に連れ込むところを見られたら、その翌日には病院中に噂が広まり、尾ひれがついた挙げ句、こめかみに青筋を浮かべた東條から『久澄クン、ちょっと、救命救急センター裏の空き地に付き合わない？』とドスの利いた声で言われるに決まっている。

実際、堀口が客室乗務員――しかも、久澄に迫っていたあの井口凜々花と――セフレの関係になったのも、数日でバレていた。

あの日は、交通事故の創傷患者の処置をしており、動脈を貫通した金属片を抜いた際、吹き上がった血液が久澄の顔どころか髪までかかり、固まった。

出がけにシャワーを浴びたが、それでも、まだ、血のにおいがする気がしたのと、徹夜でボケた頭をすっきりさせるため、大急ぎでシャワーを浴びた。だから、部屋はとんでもなく荒れていた。脱いだパンツが床に落ちていてもおかしくないぐらいに。

さすがに好きな女の前でだらしないところは見せたくない。恋愛経験がなくとも、それぐらいの矜持《きょうじ》と気遣いはある。

（やはり、職権乱用でも、碧衣を追いかけて詳しく話を聞くべきだった）

あの顔色と、怯えかたは普通じゃなかった。それは断言できる。

けれどなにが原因なのかがさっぱりわからない。

時間に遅れたことは今まであっても、碧衣は怒らなかった。

出会いが出会いだけに、救急医という仕事を理解してくれているのと、待ち時間の使い方が上手いからだろう。

大体いつも静かに本を読みつつ、お茶を飲んで待っていて――久澄と目が合うと、控えめに笑ってくれるのが、すごく嬉しかった。

だから、あの日に限って拒絶し、怒る理由にはならないと思う。

ならやはり、女性特有の体調不良によるものだろうが、どうしても、彼女が見せた怯えの表情が引っかかる。

（わからん……）

体調不良で帰った日から、碧衣と顔を合わせてない。どころか電話もできてない。

唯一、SNSのメッセージだけはやりとりできているが、久澄がなにを尋ねても、話題にしても、大丈夫です。ありがとう。無理しないでください。お仕事お疲れ様でした。などの、簡素かつ礼儀正しい返答に終始しており――どこか〝大丈夫〟という言葉を盾にして、久澄との距離を置こうとしているように感じられた。

（年齢、か。それとも……俺が、踏み込みすぎたのか）

碧衣とは七歳の年の差がある。社会に出てしまえば大したことのない差だが、学生と医師では環境も社会への興味もまるで違う。

なにより久澄は医師で、碧衣は患者の家族――それも、久澄が救命した患者の孫だ。敬意と恩義ゆえ久澄に付き合ってくれていただけで、本当は、一緒に行動することを重荷に感じていたのかもしれない。

彼女の祖母が入院している間はあえて、好きだとも、恋してるだとも言わず、焦れる気持ちを我慢し距離をとりつつ関係を維持していたが、知らない間に彼女に対する欲を――異性として求めだしている気持ちを、見抜かれたのだろうか。

「さっぱり、わからん」

本を閉じると同時にデスクに伏せる。

今夜は急患がないため、深夜帯は暇で、おのおのが体力温存に努めている。

「あれ？　久澄がそんなに手こずる婦人科症状の急性期患者って居たっけ？」

シャワールームから戻ってきた堀口が、タオルで髪をふきふき現れたのを見て、久澄は大きく息を吐く。

「ていうか今更、そんな本をめくって面白い？」

どれどれと背後から手元を覗かれるが、当然、研修医向けの本しかない。

「……お前ぐらい無神経なら、悩まずに済むんだろうな」

「えっ、なんで俺、いきなりディスられてるの」

文句も言いたくなるだろう。久澄は内心だけでぼやく。

堀口とは中学からの動悸《どうき》で気も合うが、恋愛に関するスタンスだけはまるで違う。付き合うなら結婚を考えられる相手と決めている久澄に対し、堀口は誰でもどうぞな上、同時進行でも一夜限りでもお構いなしだ。

今の時代、堅物すぎる久澄のほうが珍しいという自覚はあるし、折角《せっかく》、医師というモテ要素を手に入れたのなら、存分に使い若いうちに楽しんで、仕事も落ち着く三十五歳ぐらいに家庭を築くのに最適な子を選ぶ――という奴は同期にも多い。

（それでも井口凜々花はないだろう）

久澄を追い回し、それが駄目だとわかったらあっさり堀口に乗り換える。けれど隙があれば、もっと上の――同性からうらやましがられるような男に手を伸ばす。

野心家なのか、マウント女子と言うのか。

自分を美しく魅せるための手間や努力を惜しまない姿勢は評価するが、すぐに他者を見下し威圧にかかるのはいただけない。

小さいものではあるが、久澄と仕事をする看護師を馬鹿にし、トラブルに発展しかけたこともある。

ある種の自己承認欲求なのだろう。社会的なステイタスを高め、うらやましがられることにしか興味がなく、周囲の評価でしか己を測れない。

自分自身でこうありたいと、己で芯を作る努力をしない。

碧衣とはまったく逆のタイプだ。

彼女はまず己の大切な人を守るという芯があり、周囲になんといわれようがやり抜く。

飛行機の中で非難され、自分が怖いのに祖母を守ろうとしたように、誰に褒められなくとも、入院する患児の遊び相手をしつつ見守ってくれるように。

誰かの為に真摯になれる碧衣だからこそ、久澄は惹《ひ》かれた。

けれど井口凜々花にしてみれば、まだ青臭い大学生で、外見もスタイルも洗練されてない碧衣がよく言われ、他の男性医師――特に久澄と雑談する様子が面白くないのだろう。

先週、偶然、ホテルですれ違った際に、『久澄先生って、女性の趣味があまり』などと、露骨にせせら笑われた。

その場に堀口もいたので、久澄は肩をすくめ『患者は俺の趣味に合わせて搬送《はんそう》されてくる訳ではありませんから』ととぼけてみせた。

――まあ、所詮は夏の間だけのセフレだし？　性格のよさは求めてないよ。

東京に帰ってまで、アレと遊ぶ気はないから、研修中だけは我慢して？　などと、堀口がわかった顔で吹いたが、それで碧衣をけなされた鬱憤《うっぷん》が晴れる訳もない。

堀口の女でなければ、そして、碧衣の不可解な行動がなければ、徹底的に理詰めでやり込めて、あの鼻っ柱をバキバキに折ってやったのに。

恨みがましさを含ませ堀口を睨むが、当の本人は分からない様子でスポーツドリンクを一気飲みする。

「よくわからないけど、恋愛なら場数を踏んでるから、俺、いい相談相手になれるよ？」

「相手に対して誠実に向き合わないお前に、相談できることはない」

なぜ恋愛のことだとバレたのか、内心で疑問に思いつつ久澄がはね除《の》けると、堀口はあははと声を上げて笑う。

「そーだね。海里はさ、結婚したい相手としかお付き合いしないって決めてたもんな。……いつでも相手を選べる余裕っていうかさあ。親も熱心だし？」

「……言うな、それは」

医師となって久澄が自立している上、姉の婿はビジネスマンとして申し分ない経歴と才覚を持っているというのに、父は〝会社を息子に継がせる〟という夢を捨て切れないのか、頼みもしないのに、会社絡みの見合い話を持ってくる。

自分の相手ぐらい自分で選ぶ。なにより、久澄の恋愛観を決定的にさせた父親に、相手を選ばせたくはない。

事故に遭った母を見舞うどころか死にも駆けつけず、会社経営に没頭する父のような、冷たい夫にはならない。

自分は相手と思い合い、大切にし合える関係を築きながら、共に時を重ねたい。何度主張しても父は諦めず、寄ると触ると医師をやめて会社に入れだの、見合いだの言ってくる。

それにうんざりし、フライトドクター研修先に遠方である沖縄を選んだぐらいだ。

「真面目だねえ。……少しは割り切ればいいのに。まあ、それができないから海里かあ」

同期ゆえの親しさで呼び捨てにし、堀口が同情混じりの目をして笑う。

「で、悩んで居残りしてたの。調べ物で居残りしてたの」

今日の久澄は日勤で、フライト実地訓練として離島に二度飛んだので、もうこれ以上の勤務はない。——はずだった。

「いや、東條副センター長が、残れと」

いつもは飄々《ひょうひょう》としている東條が、昨日から妙に真剣な顔をし、所属する大学病院や上司である教授、それにこの病院の救急部長と電話やビデオ会議をしていた。

「えー？　なんだろ。そういえば、上のミーティング、長いね。やらかした？」

「お前みたいに、下半身に見境がない奴と同じにするな」

「そっちじゃなくてさあ。久澄、患者の家族と……」

目を細め、表情を消して堀口がなにかいいかけた時、爆ぜる音がして扉が開いた。

「堀口先生と久澄先生。二人いるね、丁度よかった」

自分が残れと言ったことも忘れたのか、東條が険しい顔をして医局の端にある応接セットのほうへ呼び、身体を投げ出すようにしてソファへ座る。

「面倒だから結論から言うよ。久澄クン、あのさ」

突然、先生を省いて語りかけられぎくりとする。東條がこんな呼び方をするときは、かなりきつい話になると決まっているからだ。

（まさか碧衣とのことがバレたのか、あるいは……クレームが入ったのか）

実は久澄の好意が迷惑だった、あるいは親が気付いて倫理がないと騒いだのか。

ぞくりとしつつ次の言葉を待てば、東條はちらっと久澄を見てから尋ねる。

「フライトドクターの現場実習時間と件数、両方とも満了してるよね？」

「えっ、……はい。今日の出動で足りたかと」

最悪の事態を想像していたため、気が抜けたような声を出してしまったが、すぐに気持ちを立て直し久澄はうなずく。

「……急で悪いんだけど、明後日までに東京へ戻ってくれない？」

一瞬、なにを言われたのかわからなかった。

一拍遅れて、自分がここを――碧衣がいる沖縄を離れるという現実を理解した。

「それは、どういうことですか」

「ウチの大学病院一帯を担当する変電所で火災が起きた。一応、火は消し止められたけど、機器が焼けた都合で、停電が頻発している。……周辺から送電してもらったりなんだりして、しのごうとはしているけど、復旧までにしばらくかかるんだって」

隣で、それがなんの関係があるのだろうという顔をしたが、久澄はすぐ理解した。

「熱中症患者の多発ですか」

「正解。……今年は酷暑で例年より多い上、停電が頻発すれば冷房も止まる。……日中なら逃げ場所があるけど、夜間就寝中は気付きにくい。周辺病院も含めて救急搬送が増えて、かなり人手が足りない。……ウチも出向先から医局の人間をかき集めてるけど、夏中ずっと、大学病院で勤務させるのは無理」

熱中症だけでなく、火災の怪我人《けがにん》も多数搬送されているに違いない。

ＩＣＵに人を回している上、通常の患者だけでなく、急増する熱中症患者が搬送され続けては、いくら慣れている救急医でもきつい。

東條がふざけることなく話している時点で、状況は厳しいとわかる。

大学の関連病院から人を呼び戻しておいて、自分のところの医師を研修――となると、呼ばれた方も不満に思うだろう。

帰せる人員だけでも、東京に帰したほうがいい。

そう。資格に要される現場研修時間に達している久澄を。

担当日に雨天が多かった堀口と、フライトドクター指導者研修という、一段上の資格を取るために来た東條は動けない。だが久澄は違う。必要最低条件を達している以上、あとは完全な消化試合だ。

「急だったから、明日の便は取れなかった。でも、明後日の朝一のチケットは取れたから。それまでに片付けて撤収《てっしゅう》して」

ここでは同じ研修生という立場でも、東京に帰れば、東條は救命救急センターの現場を仕切る副センター長だ。従わない訳にはいかない。

「承知しました」

「今日はもう帰っていい。明日は俺が代わりに当直へ入るから。……一日は無理でも、夕方からはフリーで。そんだけあったら、片付けられるでしょ。いろいろなものを」

なにか含むものがあるのか、『粘った俺に感謝してよね』と疲れた溜息を落として東條が言うと、隣の堀口まで気まずい顔をする。

（いろいろなもの……）

一ヶ月の滞在でも、ホテル暮らしなので大した荷物は持ってきていない。なのに時間を引き延ばした理由は恐らく。

――碧衣のことだ。

知らないようでいて、東條も、堀口も、とっくに気付いていたのだろう。

患者の家族に対する恋愛は、医師として倫理に抵触しかねない行為だ。

だが、あえて苦言を呈さず黙っていたのは、久澄が——本気だとわかったからだろう。

「ありがとうございます」

くどくどと言う時間ももったいない。

久澄は頭を下げて、ロッカールームへと走る。

私服に着替え、病院を出て最初にしたことは、碧衣に連絡を取ることだった。

◇◆◇

——東京に帰ることになった。

——その前に、君に、どうしても話しておきたいことがある。

そんなメールを受け取り、碧衣はついにと息を呑む。

この恋が終わる時が来たのだ。

井口凜々花に久澄と大人の関係にあることを匂わされ、碧衣に対する優しさは同情だと告げられ、嘲笑され、完膚なきまでにたたきのめされて。

でも、やっぱり久澄が好きだという気持ちは変わらなかった。

祖母を助けてくれたヒーローに対する幼稚な憧れかもしれない。未熟な若者が、より経験があり力のある大人に思慕を重ねただけかもしれない。

そして、そんな目で自分を見る碧衣のことを無視できなかった。だから相手をした。それだけのことかもしれない。

けれど碧衣にとっては初めての恋であり、デートであり、キスでもあった。

相手にされていないことなどどうでもいい、といったら嘘になるが、久澄と過ごした時間を無駄だとも思わなかった。

碧衣にせよ久澄にせよ、帰る場所は東京だが、そこでも関係が続く保証はない。

互いに知っているのは電話番号とＳＮＳの宛先だけで、恋が終われば簡単に消してなかったことにできる情報であると、失恋した友人の話などから知っていた。

——十九時に、ホテルのラウンジで。何時になっても、俺は待っているから。

久澄との恋は、碧衣と彼の二人だけの問題だ。終わるにしても、二人できちんと話して終わりたい。

——私も、聞きたいことがあります。

久々に、大丈夫です。以外の単語を送信した。

久澄が示した優しさが同情だとしても、それはちゃんと久澄の口から聞きたい。

凛々花が言ったことを丸呑《まるの》みしたまま終わらず、ちゃんと受け止めて、次に活《い》かしたいと思う。

若さ故の無謀さだと呆《あき》れられるかもしれないけれど、万が一にも誤解の可能性があるなら、それに賭けてみたいと思う。

（今は、凜々花さんみたいに美しくも、スタイルがよくもないけれど、彼に望まれるように努力する時間はある）

　諦めて次の恋、と思ったり、諦めきれず成長して綺麗になればと思ったり、浮き沈みが激しく考えがまとまらない。

（最初の恋でこれだけ大変なのに、みんなよく、次の彼氏、次の彼氏とトライできるな）

　慣れたら、失恋の痛みやつらさも慣れるのか、未経験の碧衣にはわからなかった。

　そうやって、寝床でゴロゴロ転がっていると、叔母がやってきて起きなさいと叱る。

「珍しいわね。碧衣ちゃんが寝坊なんて。まさかうちの人が無理に酒でもすすめた？」

「そういうのじゃない、ですけど」

「じゃあ、二日酔いじゃないわね。……だったら、起きて。お客さんよ」

「え」

　まさか、久澄が住所を調べ、迎えにきたのかと、慌てて飛び起き座敷を出れば、予想もしない人物に迎えられた。

「た、多田《ただ》さん！」

　黒髪オールバック、銀縁メガネにスーツと、満員電車の車両に五人はいるだろう格好をした中年は、前のめりに出てきた碧衣を見て眉をひそめ、これ見よがしに舌打ちをした。

（うわ、機嫌が悪い。……でも、なんで多田さんがここに）

目の前の人物──多田敦《あつし》は父の秘書をしており、当然、その立場から家に来て碧衣と顔を合わせることも多い。

だけれど碧衣は、この大人が苦手だった。

子どもが好きではないのか、幼いころは相手も積極的に関わりはせず、どちらかといえば、父や母の機嫌を取ることに忙しかったようだが、母が病気で亡くなった中学の頃から、碧衣に対しやたらと口うるさく、そして馴れ馴れしい態度を示しだした。

きっと、心配してくれているのだろう。

好意的に受け取ろうと思うも、蛇のような目で舐《な》め回すように顔や胸元をみられたり、自分の所有物だと言わんばかりの強引さで叱りつけてきたりと、あまりいい印象がない。

そんな彼が、連絡なしに来ていることに驚く。

「あ、あの。……父も来ているんですよね？　叔父さんと話し込んでます？」

そういえば、近々祖母が退院し、父があらためて久澄先生にお礼をと言っていたのを思い出すが、多田はひどく冷めた目で碧衣を眺め、そっけなく告げた。

「社長は、会社で倒れられ救急搬送され、今、集中治療室に入院中です」

「え……」

なにを言っているのだろう。この人は。冗談にしてもタチが悪い。

そう思ったのも一瞬、イライラとした感情をぶつけるように、多田が碧衣を非難しだす。

ここのところ多忙だった父が、会議の後、背中が痛いといって廊下で座り込んだ。

顔色が悪く、脂汗まで浮かべ呻く様子に、ただ事ではないと察した重役の一人が、すぐ救急車を呼んだ。

病院までの搬送中に、左右の血圧が違うことから大動脈解離という病気だと判明し、四十八時間以内に手術しなければ死ぬ確率が多いと聞いて、急ぎ、秘書である多田が碧衣を迎えに来たのだ。

「入院や手術、輸血の同意書に成人した身内のサインが必要です。社長には貴女しかいない。なので取るものも取りあえず、羽田からこちらへ来ました」

「そん、な」

「ぼやぼやしている暇はありません。すでに、午後の便に座席を取ってます。帰る準備をしてください」

そんな。そんなと同じ単語ばかりが頭でくるくる回る。

父が倒れて、死ぬかもしれないなんて。

この沖縄を、こんなに突然離れるだなんて。

(久澄、先生に……連絡しなきゃ)

ごめんなさい、ありがとう。約束したのに、今日は行けそうにありません——と。

震える指で打ち込もうとした途端、スマートフォンは多田によって乱暴に取り上げられ、庭にある石塔に向かい叩《たた》き付けられる。

操作面のガラスが割れ、キラキラと欠片が輝きながら地面に散って消える。

淡いピンク色をした、ガーリーなデザインのケースは端が欠け、幾何学的な基盤が割れた硝子《がらす》面の向こうに見える。

――あれではもう誰とも連絡が取れそうにない。

碧衣が呆然としていると、痛むほど腕を強く摑《つか》まれ廊下へ引き出される。

「着替えて。他はもうどうでもいい！」

「でも、スマートフォンが……、電話が」

「そんなのは、後でいくらでも弁償して差し上げます！　社長が亡くなったら、貴女、どう責任を取るつもりですか！」

たたらを踏んで息を吞む。多田の怒りは激しく、声は恐ろしいほど大きかった。

「父親より、男のほうが大事だとでも？　とんだ娘を持ったものですな。社長も！」

断罪の声を力任せに叩き付けられ、碧衣は耳を塞ぎながらやめてと叫ぶ。

「……わかり、ました。着替えて、すぐ、東京に戻ります。だからもう、怒鳴らないで」

初めて男性からの暴力に晒され、碧衣の心は完全に萎縮《いしゅく》していた。

それから東京へ戻るまでの間のことはまったくと言っていいほど思い出せなかった――。

第三章

久澄との約束を果たせないまま東京に戻った後、碧衣は嵐のような困難に揉《も》まれ、生き抜くだけで精一杯の心地だった。

父の容態は予想していたよりよかったものの、手術が必要であることは間違いなく、その後も長い入院が必要とされた。

生きた心地がしない数時間の間、人が変わったように碧衣に馴れ馴れしくなり、肩を抱いたり、大きな声で慰めたりする多田を押しのけ避けることもできず、呆然として家族待機室で待った結果、父の手術は予定通りに終了した。

けれど回復の過程で術後合併症が発生し、今度は脳神経外科での緊急手術が入る。

そんなことがあったためか、父の経営する会社と取引がある職人や病院が先に不安を持ち、離れ、業績はみるみる悪化しだした。

右手と右足に麻痺《まひ》症状が残りはしたものの、ＩＣＵから一般病棟へ移った父の思考は明《めい》晰《せき》で、経営に関する知識も、判断力も、なに一つ失われていなかった。

ただ、指先の麻痺が酷《ひど》いため、文字を書き記しパソコンを触るという——昨今のビジネスに必要な事務能力が著しく低下したことと、歩行が困難であるだけで。

——ならば補佐をつければよい。

見舞いにきた重役達と父が話し合った結果、父の代わりに書類を作成し、届け、意見を伝える補佐役を新たに置くことが決まった。

秘書の多田が兼任すると思われたが、肝心の父が頭を縦に振らなかった。

父の会社は小さく、社長秘書である多田が他の部署との調整も行っていた。

この上、病院と社の往復が多い補佐の仕事までさせれば、過労になる——という意見だが、それがどこかとってつけた理由だろうことは、大学生だった碧衣にもわかった。

——病を得て、他人を信用できなくなったのかもしれないね。

碧衣が生まれた時から社にいる常務がぼやくのを聞いて、決意した。

大学を辞めよう。そして父の補佐として一緒に会社を建て直していこう。

決意し、残りあと一年足らずという梅雨のある日に、碧衣は大学を辞めた。

事務部の窓から見える紫陽花《あじさい》が雨に濡れ、とても美しく、そして悲しい色で咲いていたことをよく覚えている。

正式に父の会社に入り、第二秘書という立場で働き出すと、先輩秘書である多田の厳しい指導や、セクハラまがいな嫌味《いやみ》がはじまった。

精神的にも、会社としてももう駄目かと思った時、大手製薬企業のアスライフ製薬が新株購入してくれたことで、停滞していた事業が軌道にのり、やっと父が倒れる前の状態にまで戻せたと思った処に、政略結婚前提のお見合い話が舞い込んだのだ。

(相手が、久澄先生だったなんて……)

思いつつ、碧衣は数歩先を行く男を盗み見る。

(どうしよう。なにを話せばいいのかわからない)

仲介役ばかりが話し、当の本人たちの会話は一向に弾まない会食を終え、あとは若い二人でというお決まりの台詞で中庭に追いやられ、碧衣は心底困っていた。

お見合い自体が初めてな上、まともに男性とお付き合いしたことがない。

(多分)

デートはしたんだと思う。この目の前を歩く久澄海里と。

だけどそれが男女のものか、単なる人付き合いだったのか未《いま》だにわからない。

好きだという告白もなく、互いの、間が合えば海辺を散歩してランチを一緒に楽しんだり、どちらかの買い物に付き合って新都心をぶらぶらと歩いたりしただけだ。

そんな関係をなんというべきか、今となってはわからない。

——海里も悪い男よねえ。東京から来て、友人もいなくて、祖母が入院してじゃかわいそうだからって同情だけでかまって、思わせぶりなことをして。

久澄が研修中の滞在先としていたホテルの女子トイレで、彼と男女の関係にあることを匂わせながら、井口凜々花が言っていた言葉を思いだす。

彼女が落としたポーチから散らばった避妊具や、意味深な忍び笑い。そして。

――彼、凄いわよね。ほんと。びっくりするぐらい上手いし、タフだし。貴女みたいな小娘だと辛いんじゃない？

研修中だけの関係だから問題ない。患者の家族を孕ませたらキャリアに傷が付く。

碧衣が密《ひそ》かに畏れ、目をそらしていた事実を剣のように振りかざしては叩き付け、子どもの手に負える相手じゃない、久澄は本気でもないと見せつけた。

鮮やかに笑いながら立ち去った凜々花と、彼女が事後でシャワーを浴びているからと告げたことを証明するように、濡れた髪もそのままに碧衣の前に現れた久澄が思い出され、碧衣は慌てて頭を振った。

(そんなこと、考えても仕方がない)

今更だ。あの時とはお互いの立場も、関係も違いすぎる。

小さく笑い、そろりと顔を上げる。

先ほどよりも久澄との距離が開いている気がする。

彼は、お見合い相手が碧衣だと分かった瞬間から、不機嫌を隠さなかった。

付き添いである叔母には社交的な微笑を向けていたが、その目が笑っていない――どころか、冷淡な怒りで青みさえ帯びて見えた。

それだけで、碧衣は理解してしまう。

この人は——久澄は、あの日、碧衣が来なかった事を決して許さないのだと。

(わかっていた、ことだけれど)

久澄の背中を目で追いつつ、急いで距離を詰めようとして碧衣は立ち止まる。

「ッ……」

草履の鼻緒が足の指の間に食い込み、ひどく擦れている。

従姉妹からの借り物なので碧衣の足とはサイズが合っておらず、おまけに、庭園に出てからというもの、早足でどんどんと歩く久澄について行くため無理をしていた。そのため靴擦れと同じように皮が浮いて水が溜《た》まり、そこが破れてしまったのだ。

感覚で悟った碧衣がそろりと裾を上げると、右足の親指と人差し指の部分の足袋が濡れている。このままいけば——血で汚してしまうだろう。

お見合いが終わったら、すぐに血抜きししないとと思い歩きだすが、痛みがあるため、久澄との距離はまるで縮まらない。

遠い背中を見ながら、碧衣はぼんやり思う
(……あの時は、私に合わせて歩いてくれていたんだ)

こうして引き離されて初めて、三年前に自分がどれほど気遣われていたのか理解する。

久澄の身長は高く足も長い。だから普通の一歩が、碧衣の一歩より大きく、早い。

「そうかあ……。そんな処まで、私に合わせてくれていたんだ」

嬉しいのと切ないのが入り交じり、息が苦しい。

嬉しいのは、ちゃんと碧衣を見て、合わせてくれていたこと。

切ないのは、それが同情からくる優しさだと――凛々花の指摘で理解していることだ。

好きだからではなく、かわいそうだから合わせてくれる人の優しさは、どこかほろ苦くて残酷だと思う。

――東京に戻り、父の容態が一段落付いた秋、碧衣は多田に壊されたスマートフォンのデータを新しく購入した端末に取り込み、アドレスやSNSのメッセージを復元した。

久澄に連絡をと通話履歴を開けば、どこまでも並ぶ彼の名前。

SNSには大丈夫か、なにかあったのかと心配する文面が一晩中並ぶ。

けれど午前五時頃、朱と藍色が鮮やかで水平線の部分だけがぱっと明るい、沖縄特有の色をした夜明けの海が写真で送付され、ただ一言、〝好きだったよ〟と添えられていた。

沖縄のことなのか、碧衣のことなのか、わからないような書き方で記され、それを最後にメッセージは途絶えていた。

あわてて碧衣が〝久澄先生！〟と返した文字は、非情にも、〝ブロックされているため、相手に通知は届きません〟というシステムメッセージだけが返された。

電話も同じく非通知にされており、一晩待ち続け、そして久澄は碧衣が約束を守らなかったことに失望し、切り捨てられたと理解した。

――もし、久澄に再会できたなら、まず、あの時のことを謝りたい。

三年間、ずっと後悔し、心残りにしていたというのに、現実として相手を目の前にした今、なにも言えない自分に気付く。

言ってなにが変わるだろう。もし、もっと怒らせたら――という不安が、罪悪感や後悔と一緒くたになって碧衣の口を重くする。

三年前の夏の出来事以来、碧衣は男性が苦手となっていた。

久澄との予期せぬ別れに加え、父の死を前に男を選ぶのかと多田に怒鳴られた時の恐怖がトラウマになったのか、大人の男性というものがすっかり怖くなった。

それではいけないと分かっているものの、冷淡な対応をされたり、大声や荒れた声を出されたりすると、もう駄目だ。

嫌われるんじゃないか、怒られるのではないかと怯え、声が喉に詰まってしまう。

(いやだな。大人になればなるほど、怖いことが増えて臆病になってる)

学生の頃――久澄と出会ったころは、もっと伸び伸びと自分の考えを口にし、心が萎縮することもなかった気がする。

若さゆえの無知がそうさせていたのだとしても、昔の自分がまぶしくて、少し妬ましい。

もう一度、ああいう風に振る舞えたらいいのにと思うのに、毎日のように多田から叱られ、嫌味を言われ、仕事に疲れていくうちに、心は萎縮し干からびていた。

（せめて、釣書をちゃんと見られていれば。ううん。もっとしっかり捜せていれば）

父の使いとして相手の家を訪れた多田が、碧衣の釣書と交換に受け取ったと聞いたが、置いたと言われた秘書室のデスクにはなく、代わりに見るべき書類の山が詰まれていた。

仕事が終わってからしっかり目を通そうと考えていたのに、事務的な書類が片付いた時には、お見合いの書類一式が入った封筒は碧衣の机から消えていた。

二時間ほど捜しても見つからなかった。

他の経理書類にまぎれて、文章保管室かシュレッダーにかけられたに違いない。

急いで倉庫へ向かったけれど、途中で多田にでくわし、プライベートの見合いのことで、仕事を残業するつもりかと嫌みまじりの説教を食らい、捜すのを断念するしかなかった。

相手は製薬会社の社長の息子で三十歳。父の会社で働いている訳ではなく、ゆえに後継ぎとして会社を継ぐ予定もない。

外見や性格がどうあれ、融資を受けている会社の社長令嬢が断れる筋の縁談ではない。

仕事も多忙だったこともあり、碧衣は釣書を諦め今日のお見合いに挑んだのだ。

だから、相手が久澄だと知って愕然とした。

碧衣は立ち止まってうつむいたまま唇を噛む。

（この縁談がうまくいくはずがない）

きっと久澄はまたお見合いをし、あるいは自分で相手を見つけ――結婚する。

そう思った瞬間、胸が痛み、碧衣は一歩も動けなくなってしまった。

立ち止まっている碧衣に気付いたのだろう。数メートル先を行っていた久澄が振り返り、こちらへ戻ってきた。

「どうした？」

碧衣と向き合い、久澄がそっけなく尋ねる。

けれど顔を上げることはできない。会食の時のように冷淡な目を向けられるのかと思うと、どうしても心が竦《すく》む。

「……後悔しているのか」

無機質に乾いた声が鼓膜を震わせる。

興味も関心も伴わない響きだ。心がきしむのを感じつつ碧衣は唇を薄く開く。

なにか言わなければと思うのに、声がどうしても喉で留まってしまう。

後悔なんかしていない。あんなに輝かしい日々はない。

かなうなら、もう一度――。

心の中にいくらでも叫びが溢《あふ》れかえっているのに、一つも声にならない。

「後悔していても、お見合いにのこのこ出てくるあたり、君も変わったな」

違う。それは相手が久澄だと知らなかったから。会社のことがあり断れなかったから。

説明しようと顔を上げるが、久澄は拒絶するように手を振り碧衣の視線を避けた。

「全部言わなくてもいい。相当に乗り気だったらしいな。……相手の御令嬢がどうしても会いたい、なんなら病院のカフェでお見合いしてもいいと食いついたと聞いたぞ」

目を大きくする。

どうしても会いたいとは思っていた。だけど、お見合いの相手とは知らなかったし、もし、久澄と違う人が相手でも、碧衣からお見合いに前向きとなるはずがない。

(結婚すること自体、まったく考えてなかったのに)

交際だってできるかわからないぐらい、男性が苦手になったのに。

訴えようとしたけれど、緊張で気道が絞まっているのか、やはり息が細い。

たまらず喉に手を当てるが、その仕草さえも懇願の前触れと誤解したらしく、久澄がふん、と鼻を鳴らす。

「生憎《あいにく》だったな。……自分から捨てた男が、何年経っても好きでいてくれるとでも？」

はっ、と馬鹿にした笑いを投げられ、碧衣は力なく頭を振った。

「そんな、ことは」

言葉が途切れるのに、なにより自分自身が傷ついてしまう。

そんなことないですよと笑えるほど、碧衣の恋情も後悔も小さいものではない。どころか、この三年ずっとずっと引きずってきていた。

——久澄を置き去りにして東京へ戻ってしまったことを。それきり、連絡が取れなくなってしまったことを。

縁がなかったのだと諦めたそぶりをしながら、未練がましく思い出していた。

(謝らなきゃ、そして、理由も説明、しないと)

父が急病で倒れてしまい、手術の為に同意書が必要で、それは唯一の血縁である碧衣だけが担えるものだったことや、スマートフォンが壊されてしまったことを。

頭の中では整理できているのに、どうしても声にならない。

——いや、とうに声に出す意味を見失っていた。

ホールで出会ってからこちら、久澄は無表情を崩そうとはしなかった。

久澄も、お見合い相手が碧衣だったことを知らなかった様子だが、先ほどの台詞からして、好ましくは思われてない。この縁談も断るだろう。

(だとしたら、過去の事情など、彼にとっては取るに足らない言い訳でしかない)

——縁など、とっくに切れていたのだ。碧衣の未練だけを残して。

今日、何度目かになる溜息を落とす。

すると碧衣を見詰めていた久澄が露骨に顔をしかめ、朗らかで優しかった過去の彼とは似ても似つかない表情で笑う。

「面白いものだな。ただの医者だった時は君に捨てられたのに、大規模製薬会社の御曹司とわかった途端、そんな風に派手にめかし込んで会いに来るなんて。……君も他の女と大して変わらなかったということか」

なにが面白いのか、喉を震わせながら久澄は背中を向け、碧衣のことなど構わずに庭園の散策を再開しだす。

「ッ……、待って！」

肌が擦れ、水ぶくれが破れた足が痛いが、それより胸が痛かった。

ぐさぐさと心ない言葉の刃を突き立てられてなお、碧衣は思う。

そうじゃない。

派手な振り袖は、急なお見合いのために従姉妹に借りた物で碧衣の私物ではない。

そして自分は、御曹司だとか医師だとかの肩書きに関係なく、貴方《あなた》に会いたかった。

――いや、三年前に会いに行きたかった。父の命が危うくなければ。

叫び出したいのをぐっと堪え、碧衣は小走りで久澄を追う。

草履の鼻緒が足指の間に食い込んで痛い。足袋が濡れていく感触とひりつく痛みから、出血してしまったのだとわかる。

けれど、ここで立ち止まれば、二度と久澄は碧衣を見ない。

そんな予感がしたから、白い足袋が血で染まるほどの痛みさえ無視して久澄を追う。

足の痛みか、心の痛みか、あるいは両方か。

どちらが起因するのかわからないまま、碧衣の瞳が涙で潤《うる》む。

泣くまい。

(泣いたって解決はしない。だからせめて謝罪しよう)

大切な話があると言われ、必ず行くと約束した日に、彼を置き去りにし、碧衣だけ東京へと帰ってしまったことを。

それきり、連絡を取れなかったことを。

たとえ許されないとしても、謝罪を受けた事実があれば、心の中で区切りをつけるきっかけになるだろう。

そうすれば、久澄をわずらわせる感情が一つ減るに違いない。

自分が傷つけたくせに傲慢だと思うが、願わくば、久澄にはあの頃と同じように朗らかに笑っていてほしい。幸せでいてほしい。

でなければ、無残に終わった碧衣の初恋が報われない。

無理矢理に己の気持ちに蹴りをつけ、感傷に理性の鉈《なた》を振るい断ち切りながら、碧衣は久澄に追いすがる。

「あのっ、久澄先生、私、このお見合いで……」

必死すぎる声で呼びかけた時だ。唐突に久澄が振り返った。

小走りな上、着物という自由度の少ない服装だった碧衣は、己の勢いを殺しきれずに振り向いた久澄に思い切りぶつかる。

「あっ……！」

鼻頭と額に痛みが走り、目がチカチカした。

けれど、大丈夫かと碧衣を心配し、肩に手を置いてのぞき込んできた、かつての優しい救急医はいない。

代わりに、碧衣に対してほの暗い感情を抱く、冷徹な目の男が頭上から半泣きの碧衣を見下ろしていた。

「……面倒だな」

「えっ」

脈絡もないつぶやきに目を大きくするや否や、久澄が苦いものを呑んだように顔をしかめ、つと目を逸らした。

「将来の社長夫人を狙っている君には生憎だが、俺は父の会社を継ぐ気はない。医師を辞める気はこれっぽっちもない。その気持ちは、生涯変化することはない」

碧衣に言い聞かせるというより、むしろ自分自身に誓うような硬い物言いに身を竦ませていると、彼はくっと口角をつり上げ、吐き捨てた。

「だが、これ以上、父や親族から、お見合いだのなんだので俺の人生に干渉されるのも面倒だ。そんな時間があれば、患者を診ていたい」

勢いに気圧《けお》されつつ碧衣はうなずき、彼がなにを伝えたいのだろうと考える。

久澄が父の会社を継ぐ気がないのは承知の上だった。

かつて祖母を救った彼であれば、大企業社長であることより、医師として人を救うことにやりがいを感じ、同時に誇りを抱き、人生の使命と定めているのはわかる。

彼だって、碧衣がそれを理解していることはわかっているはずだ。

意図が読めず、戸惑いのまま彼を見つめ返せば、一瞬だけ、ためらうように瞳がゆらいだが、すぐに視線を逸らし、久澄は低い声で言い捨てた。

「俺は結婚を前提としてこの見合いを受ける」

「なん、で……？」

支離滅裂な結論に目を剝《む》けば、久澄はふん、と鼻を鳴らし再び碧衣に背を向けた。

「御曹司との暮らしをお望みなんだろう？　だったら、俺の人生を邪魔せず、面倒を持ち込まず、数年ほど俺の妻でいてくれればそれでいい。……父や親戚を黙らせるために夫婦という形を保てれば問題はない」

「なに、を……」

「貴重な休日をつまらない世事で消耗《しょうもう》したくない。張りぼての妻を置いておけば回避できるというなら、そうするまでだ」

独り言のように勝手に決められていく未来に愕然とする。

(つまり、仮面夫婦でいろということ?)

青ざめつつ唇を震わせていると、不意に吹き付けた冷たい秋風が吹き付けた。

「君だって、一度振った男の前に、恥とも思わずお見合いに来るぐらいだ。……結婚できればどうでもいいんだろう。それに君なら、上手に演技してくれそうだ」

「……演技、って?」

冷たい空気がうなじをかすめ、碧衣をからかうように落ち葉が足下で輪を描いた。

「別に取り繕わなくてもいい。……今更のことだしな」

にべもなく碧衣の疑問を振り払われるが、なにを言っているのかわからない。

突風が吹いて、折れた小枝がぴしりと手に当たり、痛みに顔をしかめた刹那、久澄が冷ややかに断言した。

「俺と結婚してもらう。……だが、君に望むものはなにもない」

「そんな……! 待って、久澄先生」

返事を聞く気もなく、ただ、もう話は終わったとばかりに、久澄は庭園からホテルへ戻ろうとさらに足を速める。

碧衣から早く離れたいのか、彼の歩幅は先ほどより更に大きく、歩みも速い。

ゆったりと散策するカップルや老夫婦が多い中、早足の久澄と、それを小走りで追いかける碧衣は異質で目を引いた。

だからなのか、どこかから女性がくすっと笑い、不釣り合いだと呟く声が届く。

（そんなの、わかってる）

三年前よりさらに男ぶりを上げ、丁寧に仕立てられたとわかるスーツを纏っているのに、それがちっとも嫌味に見えない。どころか、肩から胸へ至るなだらかな線や、不要な皺がない袖とトラウザーズが、見事に彼の締まった身体を引き立てている。

それに反して碧衣といえば、季節がまったく合っていない化繊《かせん》プリントの振り袖に、野暮ったい印象を添える古い名古屋帯。髪に挿《さ》したかんざしや飾りは前を行く久澄を追ううちにずれており、髪だってほつれて幾筋か項《うなじ》に落ちていた。

涼しげに――そう。病院で白衣の裾を翻し歩くのと同じ自然さで歩く久澄と、それを必死に追う碧衣は、端から見ればさぞ滑稽に映っただろう。

恥ずかしくて、情けない気持ちが胸に込み上げてくるのをぐっと呑み、碧衣は先を行く久澄に追いつこうと更に足を速める。

その時だ。

「痛っ……！」

一際強い痛みが足の指に走り、ぶつりと何かが切れる音がし、つんのめった身体が地面に向かって倒れていく。

足下がままならない和服では踏ん張ることもできず、なにかにすがろうと伸ばした腕が空を掻き、振り袖が大きくたなびく。

みっともない。けれどこれでいいのかもしれない。

転倒の痛みと衝撃にぐっと目を閉じ、碧衣は思う。

これは罰だ。あの時、約束を守れなかった自分への。

身を固くして、歯を食いしばった刹那、地面を大きく踏み切る音が少し先から聞こえ、空気の流れが自然に逆らい碧衣へと吹き付ける。

強い力で肩を掴まれる。だが勢いを殺せなかった身体はそのまま目の前にいる人物の胸元へ倒れ込む。

軽い衝撃が走った後、全身が大きく温かいものに包まれた。

はっとして頭を上げると、驚くほど近くに焦りをあらわにした久澄の顔があった。

懐かしい香りが鼻孔に届く。

檸檬《れもん》に似た柑橘類《かんきつるい》と瑞々《みずみず》しさを感じさせる香り。だが甘くはなく、ほのかな苦みがすっと抜ける。それらは最後にふわりと香る豊かで深い羊歯《しだ》の香りと混じり合い、南国の海辺を思わせる。

（あ、この香り……）

すんっと鼻から空気を吸い込むと、わずかに消毒薬の匂いがするところまで、まるで変わらない。そうだ。これは久澄の香りだ。

コロンか、ボディソープかわからない。だけど、三年前、確かに碧衣の側にあり、時折香っては胸をときめかせた匂い。

あの頃より苦みを強く感じるのは、碧衣が大人になったからか、季節が秋のせいだからか。わからないまままつい目を閉じて体重を預けてしまう。

碧衣の従順な仕草につられてか、肩にあった久澄の指に力がこもりぐいと引き寄せられる。けれど、背に回りかけたその手はすぐ、突き放すように腕ごと伸ばされた。

「なにをしてい……」

言いかけ、ぼうっとしている碧衣の視線から逃れるように久澄が目を落とし、そして息を呑む。

どうしたのだろうと首をかしげかけ、そこで足先からひりつく痛みが身に響く。

「ッ、あ……、なんでも、ないです」

さりげなく足を引いて、着物の裾に隠そうとしたが遅かった。

「その足はどうした」

強《こわ》ばった声が頭上から降りかかり、碧衣は黙って下を向く。

血の染みがついた足袋と、鼻緒が切れ、所在なげに転がる草履が目に入り、思わず唇を噛んで頭を振る。

「大丈夫、です。大したことは」

「大丈夫な訳がないだろう。血が……」

「いえ、本当に、大丈夫」

無駄だとわかりつつ、碧衣はさらに足を引いて久澄の胸をそっと押す。

すると彼は苦いものでも呑んだような顔となり、唐突に碧衣の前にひざまずく。

「君の大丈夫は聞き飽きている。だから聞けない」

「く、久澄先生……ッ」

高そうなスーツが汚れるのにもかまわず、西洋の騎士みたいにして片膝を立て、久澄は碧衣の右足首を取って自分の脚の上へ置く。

驚き、よろけかけたのも束の間、すぐ久澄が碧衣の手を取り、己の肩を掴ませた。

「じっとしていろ。……靴擦《くつず》れか」

碧衣の右足首をそっと支えたまま、朱色の染みがつく足袋を見て久澄が溜息を落とす。

「どうして言わなかった。……いや、違う。俺が速く歩き過ぎたな。すまない」

「いっ、いいいえ」

反射的に頭を振る。けれど内心は驚いていた。

あれだけ碧衣を冷たく見つめ、忌まわしいと言いたげに距離を置いていた久澄が謝ったこと、なにより、碧衣の怪我に責任を感じていることに。

（変わらない……）

じわりとした熱が心臓から顔へと伝播《でんぱ》し、頬を赤くさせる。

取り付くしまもない様子だったのに、碧衣の痛みにすぐ気づき、それが自分の原因にあると省みてすぐ謝罪する誠実さと潔さは、確かに、碧衣と出会った頃の久澄のままだ。

傷ついてる人が居れば、好悪も関係なく全力で助けにくる。

彼に惹かれていた頃の感情が、わあっと碧衣の中に舞い戻る。

その上、太股に乗せられた足裏から、久澄の体温や逞しい筋肉の感触が伝わり、心がどうにも落ち着かない。

足首を摑む指の力にさえ心臓が跳ね、碧衣が思わず喉を詰まらせると、久澄がきつく眉を寄せた。

「酷く痛むだろう」

久澄が指でそっと、碧衣の足先の形をなぞる。

壊れ物だと言わんばかりの仕草で触れられ、碧衣は喉を詰めつつ言い重ねる。

「あの、本当に……」

「うるさい。大丈夫は聞き飽きたと言っただろう。……三年前も、今も」

指摘され、言葉を失ってしまう。

「直接、患部を見せてもらう」

断る余地など与えない、断固とした声に思わずうなずけば、久澄は焦れるほど慎重に留め金を外し、碧衣の足先を包む足袋をそろりと剝がす。

「ッ、……ッ」

喉で声を押し殺す。痛いのと、恥ずかしいのが混じり合い、爪先が細かに震えだす。秋とはいえ日中はそれなりに暖かい。その上、小走りで久澄を追いかけ続けていたのだ。碧衣の素肌にはじっとりと汗が浮いている。

蒸れるほどではないし、毎日きちんとお風呂に入っているから大丈夫——だとは思うも、もし、変な匂いがして不快にさせたらと緊張してしまう。

なのに久澄が真剣な眼差しを注いでくるから、どうしても意識してしまう。

脚の指の一本一本どころか、爪までが神経を持ってしまったように、男の視線が辿《たど》る場所がチリチリと痺《しび》れ疼く。

たまらず顔を背けたが、見なければ余計敏感に、触れる久澄の指や息遣いまでわかってしまい、更にいたたまれなくなってしまう。

ちらちらと横目で視線を送っていると、久澄は慣れた動きで足指の間に自分の指先を入れて開き、剝けた皮と血の滲む傷口を凝視する。

「も……も、もう、いいです。あの、水で流して絆創膏《ばんそうこう》でも貼れば、そんなの」

「そんなの、じゃない。……こんなに出血するまで」

身悶えしたいのを我慢し、鳴き方を忘れた牛みたいにどもり訴える碧衣をぴしゃりとやり込め、久澄は足首を摑んでいた手を碧衣の膝裏へと這《は》い上らせ、次の瞬間、碧衣の腰を抱いて立ち上がる。

「ひゃっ……！」

突然、視点が変わった事に驚き、小さく声をあげたのも束の間、自分が久澄の腕に抱えられていると気づき碧衣は混乱してしまう。

「えっ、あっ、……ちょっ」

二人の様子をうかがっていたのか、庭園にいた客の幾人かが、わっと声を上げ、碧衣は羞恥でのぼせ上がっていた。

「大丈夫、です！　大丈夫ですから！」

馬鹿の一つ覚えみたいに叫べば、久澄がムッとした表情を見せる。

「その台詞は聞き飽きたと、何回教えれば君は〝大丈夫〟という嘘をやめるんだろうな」

「だって、その」

はっきりいって、今の状況のほうが大丈夫じゃない。

眉目秀麗《びもくしゅうれい》かつ長身で、女性の視線を集めて当然の人が、借り物の振り袖で七五三の子どもみたいに着飾った碧衣をお姫様抱っこしているだなんて、まるで悪い冗談だ。

童女のように赤面した頰を見知らぬ人に笑われるのが怖くて、碧衣は思わず顔を久澄の肩へ顔を伏せ、震える声で訴える。

「これぐらい、なんとかして歩けますから、下ろして……お願い」

「絶対に、嫌だ」

医師として、小さな怪我人でも捨て置けないのか、それとも碧衣を辱《はずかし》めたいのか、どちらなのかわからない。ただ、絶対に離さないと教え込むように男の腕の力が増したのだけはわかる。

少し息苦しいほど強く抱きかかえられ、身体が男の胸板に密着する。

伝わる鼓動と、熱、それにうなじを撫でる息遣いに身体がざわめき、疼く。

嫌いなら嫌いで、徹底的に傷つけて放置してくれれば、こちらだって距離を取れるのに、こうして変わらない部分や優しさを見せられると、余計に苦しくなってしまう。

好きな気持ちを抑えきれなくなりそうで、なのに、嫌われて傷つく未来しかない現実が辛すぎて。

久澄は碧衣を抱えたまま、危なげない足取りでホテル内へ戻る。

二人の格好を見た叔母と、久澄の父親が目を丸くしていたが、彼は構うことなくスタッフに救急箱を持ってくるよう告げ、迷いない手つきで碧衣の靴擦れを処置してくれた。

その後、お見合いはお開きということになり、着替えの為に借りた部屋で和装を解いていると、叔母が上機嫌な様子でとんでもない事を言い出した。

「良かったわね。久澄さんが家まで送ってくださるそうよ」

びっくりして変な声が出たが、叔母は気にすることなくニコニコと続ける。

「最初はねえ、ほんと、あんな仏頂顔でどうなることかと思ったけど、なんでも、碧衣が綺麗すぎて緊張してどんな顔をすればいいかわからなかったんですって。……真面目で浮気しそうにない上、可愛いところがある人じゃない？」

久澄が家まで送ると聞いて、気持ちを落ち着けるために水を飲んでいた碧衣は、思いっきりむせつつ目を瞬かす。

──いや、そんなはずはないですよ。あの人はものすごく私に対して怒ってます。

そう言いたい気持ちをぐっと堪え、引きつった笑いを返す。

真面目で可愛いところもあるのは同意だが、浮気については果たしてどうか。

思いかけ、碧衣は水が枯れた植物みたいに気持ちが萎えてしまう。

沖縄でのことを思い出したからだ。

彼女であれば、凛々花と二股をかけたと久澄をなじれただろうが、碧衣は、かわいそうな女の子を元気づけていたら、恋人だと勘違いされた──という立場でしかない。

それを浮気と言うのはあまりにも被害者意識が強すぎる気がする。

最後に話があると連絡してきたのも、凛々花に碧衣に気を持たせたことを責められて、『誤解させてごめん』と謝らねばと思ってのことだろうと、今ではわかっている。

夜明けの写真とともに好きだったよと送ってきたことにしても、来ないのであれば、もう、最後まで夢を見させた方がいいと考えてのことだろう。

彼と別れ、今日、思いも寄らない形で再会するまでの三年、碧衣は、そうやって自分の心の傷から目を背けてきた。

（なのに、お見合いをした上、結婚しろと言われても）

困惑していると、ふと叔母が真剣な顔となって碧衣と向き合った。

「この縁談は進めてほしいそうよ。なるだけ早くにって。碧衣も承知済みだと聞いたけれど、それ、本当？」

心中を読んだような叔母の指摘に、碧衣は悩み、そしてうなずいた。

気持ちがない仮面夫婦となり、親戚からの横やりをかわしたいという理由ではあるが、縁談を進める気でいるのは聞いている。

ある意味、意趣返しなのかもしれないなと思う。

完璧で、人がよく、有望な医師である上に、製薬会社の御曹司。

誰かに無下にされることなどない人生だったろうに、七歳も年下の女の子に約束を反故《ほご》にされた上、一晩待ちぼうけにさせられたのだ。

離婚前提かつ形だけの妻にして、後悔させてやろうと考えてもおかしくはない。

かつての——沖縄に居た頃の久澄なら、そんなことはしないと笑い飛ばせたが、今の彼がどうなのかはわからない。

自分より弱い人に手を差し伸べる処だけは、変わっていないが。

消毒され、ガーゼとサージカルテープで綺麗に保護された足の傷を見て思う。

多分、本質は変わっていない。

碧衣に対するわだかまりが強く、それゆえにとげとげしい態度となるだけで。

実際、叔母は完全に久澄のことを信じ、碧衣と上手くいくのではと期待している。

だとしたら否やはない。

もとから政略結婚前提のお見合いで、碧衣が断れる話ではないのだ。

「うん。……そういう、話はされたよ。ちょっと、今は気持ちがついていってなくて、どういう風にしたらいいかわからないけど」

嘘ではない。けれどそれが全部かといわれれば多分違う回答をすると、叔母はあからさまに安堵した表情となり、側にあったソファに座る。

「よかったわ。……義兄《にい》さんから突然、碧衣のお見合いに付き添ってほしいって言われた時、心配したし、不憫にも思ったのよ。だって……ねえ、あまりにも話が急だし、内容もちょっと……変だったでしょ？　長男だけど、会社は継がないからって」

そこで言葉を切り、叔母は大きく息を吐く。

「だけど、お医者様なら納得だわ。……変に会社を継ぐよりも、資格がある分安定しているし、親御さんの会社は製薬会社だから、将来的には専務兼研究所長とか、資金と名を借りて開業っていう道もありうるわけだし」

家庭を持ち、子ども二人を育てている分、生活に関する収入や将来性に目が行くのか、叔母は明るい声で、本当によかったと胸を撫《な》で下ろす。

「もし……ね、融資してもらった引き換えに、変な男を押しつけるつもりだとしたら、あんまりにも、碧衣ちゃんがかわいそうだ。でも、相手の機嫌を損ねて、会社が立ちゆかなくるのも怖いなって」

母方ではあるが、親類ということで、九州支社は叔母の家が中心となって切り盛りしている。だから、碧衣を心配しているのと同時に、会社の先行きも気にしていたのだろう。

「……駄目な叔母よねえ」

「そんなことないです。いつもよくして頂いてます。今日だって着付けの手配からなにからしてくれたじゃないですか」

そこは素直にお礼をいい、ついでに草履の鼻緒が切れたことを謝る。

「いいのよ。……草履、合わないのを無理して履かせちゃって。痛かったでしょう？　でも、それが縁になったんだからよかったじゃない」

これからの将来が明るいと励ますように笑われ、碧衣は苦笑する。

「あら、やだわ。……飛行機の時間を忘れてた。そろそろ片付けないと」

「はい。叔母さんも気を付けて」

ボストンバッグにあわてて着物をしまい、お互い肩を抱いて別れを告げ、部屋を出ると、少し離れたところにあるエレベーターホールで久澄が待っていた。

つい顔が強ばるが、相手はそんな碧衣をちらりと見ただけで、叔母に笑顔を向けて荷物を引き受ける。それから出口で待たせておいたタクシーまで見送ると、無言のまま碧衣を誘導し車寄せに待機させておいた自分の車へと乗せる。

海が好きな彼らしく、サーフボードも収納できそうなＳＵＶの外国車は、赤を差し色にしたスポーティで都会的な外観に反して、中は落ち着いた色のウッドパネルや、黒を主体とした内装だった。仕事も遊びも手を抜かない――そんな大人の男を感じさせる。

緊張しつつシートに重心を預けると、ゆったりした座り心地とレザーの香りが碧衣を包み込む。

ちらりと視線を隣に向けると、久澄は相変わらず感情の読めない顔でエンジンをスタートさせていた。

「住所、ナビに入れて」

「あ、はい」

言われるまま運転席と助手席の間にあるパネルを操作する。

それからはもう会話はなく、ただ、案内をするカーナビゲーションの音声だけが、妙に明るく車内に響く。

　気まずさに絶えきれず車窓から外を眺めていたが、車が左ハンドルのため、碧衣からは行き違う車以外はあまり見えない。

　休日の日暮れ近い時間のため、道路の交通量は増えていて、信号停止の時間と先を行く車のテールランプばかりが目立つ。

　単調な風景ばかり見ているうちに、どんどんとまぶたが重くなってくる。

　寝ちゃだめだと目を擦り、頬を軽く叩くけれど睡魔には勝てない。

（昨日は遅くまで残業だった上に、今日は朝早くから着付けにヘアセットだったし……）

　それに気を遣いすぎて、なんだかとても疲れ――碧衣は、一番気を遣わなければならない相手が隣にいることも忘れ、ついに眠気に身を任す。

　そうしてどのぐらい経っただろうか。

　カチカチと、メトロノームのように規則正しい音が続き、やけに長く左折待ちをしているんだな――などと思い、薄目を開け、次いで飛び起きた。

「わっ……」

　車の横に、碧衣が暮らしている家が見える。

　あわてて辺りを見れば、カーナビの案内はとっくに終わっている上、夕暮れを飛び越してすっかり夜になっている。

こわごわと視線を隣へ向ければ、久澄は車を停止させた運転席でつまらなさそうにスマートフォンを弄《いじ》っていた。

「あっ、あ、す、すみません！　私！」

焦りつつシートベルトを外し、車のドアに手を掛ける。

どのぐらい眠りこけていたのかはわからないが、多分、五分や十分ではないだろう。

おい、という声が掛けられるのにも構わず車を降りる。

傷のある爪先が痛んだが、これ以上、久澄を引き留め、呆れさせる訳にはいかなかった。

(本当に、私って……どうしようもない)

三年前も待ちぼうけさせた挙げ句、今日も無駄に時間を使わせた。

半泣きの気持ちで門をあけ、玄関までの小道を早足で進みつつショルダーバッグを片手でかき回す。

ようやく鍵の気配を感じ、つかみ取れば丁度ドアの前だったので安堵しかけ——そこで碧衣は凍り付く。

「おい。そんな風に逃げるように車を降りられると、いくらなんでも傷つくんだが」

拗《す》ねたような口調で言いつつ、久澄が車を降りてくる。

気配を感じ碧衣が振り返った瞬間、久澄の目が急に鋭くなり、一足飛びに駆け寄ってくる。

「久澄、せん、せ」

恐怖と驚愕《きょうがく》で心臓が締め付けられ、声が震える中、碧衣があえぐようにして久澄の名を呼ぶと、彼は迷いなく碧衣を抱き寄せ、そして玄関を見て呻く。

「なんだよ、これ」

常夜灯《じょうやとう》に照らされた玄関のノブに、使用済みとおぼしきコンドームが結びつけられており、側の新聞受け口いっぱいに、ビッチ、尻軽など——女性を蔑む言葉を印字した紙が詰め込まれている。

込み上げる嘔吐《おうと》感をやり過ごそうと、久澄の胸元を掴み、顔を伏せて目を閉じるけれど、脳裏には、避妊具の生々しいピンク色や、縛られた輪の部分に付着する白濁した体液、そして、青臭い異臭がしっかりと刻み込まれていた。

「誰が、こんな」

地を這《は》うように低い呻《うな》り声《ごえ》で久澄がこぼし、碧衣は何度も頭を振る。

知らない。自分に心当たりなどまるでない。まるでないけれど——初めてでもない。

絡みつく恐怖が足下から這《は》い上がり、身を縛る。

恐ろしさのあまり息を止めてしまっていたのか、碧衣が久澄を見上げた瞬間、酷い目眩に襲われて——そこで意識は途切れてしまった。

第四章

「……ああ、上がったのか」

　街を一望できる大きな窓を持つリビングの中、ソファで久澄が振り返る。

　片手にスマートフォンを持って耳に当てているところを見ると、どこかに電話していたようだ。

　話を邪魔してはいけないと黙っていると、相手はふっと目を和ませて、手にしていたスマートフォンをソファの側にある、幾何学的な形をしたカフェテーブルへ置いた。

「お湯、熱くなかったか」

「丁度よかったです。ありがとうございました」

　風呂上がりの碧衣は、借りたバスタオルで髪を拭う手を止めて頭を下げる。

　特に来客もないからこれでと、着替えに久澄のロングTシャツを渡されたが、小柄な碧衣が着ると、パジャマにしか見えない。

（おっきい……）

袖と肩のあわせの部分が二の腕の半分ちかくまで来ている上に、裾は膝にかかりそうな長さだ。

こんなにも体格が違うのだと驚くのと同時に、まるで久澄に包まれているようで、どうにも落ち着かない。

ちらちらと視線を投げつつ、その場に留まっていると、気付いた久澄が猫でも呼ぶような仕草で碧衣を手招きした。

「おいで」

優しい声に胸がときめいて、次の瞬間、しくりと痛む。

変わらない久澄、優しい久澄。大好きだった彼は、けれど碧衣に同情して付き合っているだけだ。

指摘する凜々花の声が脳裏に響き、どうしても碧衣をためらわせる。

すると久澄が困った風に眉根を下げ、驚かせないように気を遣った静かな動きで、碧衣を迎えに来た。

「別に、取って食いはしない。……多分」

悪戯《いたずら》っぽく片目を閉じられて、碧衣は思わず笑ってしまう。

「多分って……。全然、その気なんかないくせに。……知ってますよ。久澄先生に、その気なんかないってことは」

相手が久澄だというだけで、こんなささやかな冗談でも気が楽になる。

それぐらい好きだった。――いや、今も好きなのだろう。

一人でも大丈夫だと示すように、碧衣は手を伸ばす久澄の側をすり抜けて、ソファの空いた場所に腰を落ち着ける。

久澄はしばらくそのままだったが、冗談をやり返されたからか、小さく溜息をついて一度キッチンへと向かう。

慣れた様子で冷蔵庫から牛乳を取り出し、海とクジラの絵があるマグカップに注ぎ、碧衣に酒が大丈夫か聞いた後、数滴のバニラエッセンスに蜂蜜《はちみつ》、一匙のラム酒を入れる。

「手抜きで悪いけど」

そういい、スチームレンジに入れて加熱したものを碧衣に、自分は、碧衣が風呂を使っている間、淹れたのだろうコーヒーを手に戻ってきた。

「よかったら飲んで。……酒は、そこまで強くない」

加熱もしているし、と言われ、さりげない心遣いが胸に染みる。

玄関が荒らされていることに気づき、青ざめている碧衣を連れ出してくれたのは、やはり久澄だった。

彼は、物も言えないほど怯え、混乱する碧衣を車に乗せ――そして、迷いなく自分の家へ連れてきて、落ち着くようにか、深呼吸させ、それから風呂に浸かるよう指示した。

——言っておくが、医師としてだからな。下心はない。

お見合いして、結婚前提で交際という流れになっているのだから、手を出しても久澄を責める人はいないだろうし、わざわざ言わずとも、そんなことをする人だとは思ってないのに、きちんと線引きするあたり、律儀なのか堅物なのか。

どちらにせよ、その時の碧衣は恐怖でまともな判断力もなく、言われるまま湯に浸かる。

さほど時間がなかったのに、とろりとした湯からはカモミールとオレンジの、甘く、心を落ち着かせる香りがし、碧衣は手足のこわばりが抜けるにしたがって、心の緊張も解いていった。

（やっぱり、優しい）

この人の奥さんになる人は、きっと毎日が幸せに違いない。

一抹《いちまつ》の寂しさを覚えつつ、そんなことを考えていると、頃合いと考えたのか、久澄がいままで先延ばしにしていた質問を始めた。

「こんなことは、前にもあったのか」

責めるでもなく、けれど適当に済ませる気がない真剣さで問われ、碧衣はためらい、そして頷いた。

「ここまで酷いのは初めてです。……でも、ゴミを漁《あさ》られたり、洗濯物を盗られたりとかは」

度々、家から碧衣のものが盗まれるようになったのは、父が倒れてからだ。

頻度は多くないものの、出したゴミから衣服や小物類だけが抜き盗られたり、あるいは、干していた下着が盗られたり。

決して自分が標的ではないのだ、と思おうとした。

というのも、それが起こり始めた頃、近隣でも若い女性の洗濯物が盗まれる事件が多発しており、その被害の一つだろうと考えたからだ。

気持ち悪いが、警察に連絡し、パトロールの強化地域に入れてもらい、あとは、洗濯物を干す場所を、手が届きにくく、盗もうと近づけば目立つ二階へ移動させ、様子を見るに留まった。

ほどなくして下着泥棒は捕まったが、碧衣への被害は収まらなかった。

「忘れた頃にやられるから、警察もなかなか本気になってくれなくて」

頻繁《ひんぱん》じゃないなら問題ないと言われても、当事者である碧衣は怖い。

引越しも考えたが、家の持ち主である父親は入院中な上、退院後は車椅子での生活が主となるため、リフォームできない賃貸住宅への転居はありえなかった。

「そんな状況なのに、独りで住んでいたのかっ」

やや大きめな声で言われ、びくっと肩をふるわせてしまう。

緩やかに落ち着いていた心が一瞬で強ばり、湯上がりで火照った顔がたちまち冷たくなっていく。

「ごめん、つい、犯人に腹がたって。……碧衣に怒ったわけじゃない。それだけは、わかってほしい」

自分の声が怯えさせたと気付いた久澄が告げ、わずかに碧衣と距離をとり、ほら、安全だという風に手を左右に広げて見せる。

申し訳なさげに笑う久澄を見た途端、固く凍り付こうとしていた心が緩む。

――不思議だ。他の男の人なら、こんなにすぐ気持ちがほぐれたりしないのに、久澄だと容易《たやす》く気持ちが楽になる。

（まるで、魔法みたい）

ほっと息をついた碧衣は、少しだけぬるくなったホットミルクを飲んで、更に続けた。

「私も、本当はよくないってわかっていましたし、怖かった。でも状況的にも、厳しかったので」

久澄の父が経営するアスライフ製薬からの融資を受け、会社の経営は立て直せたが、まだまだ予断は許されない状況であった。

入社して間もない碧衣の給料は高くはなかったし、父の収入はほとんどが父自身の入院費や医療費などに消えており、残ったわずかばかりのお金は、いざという時――というより、父の退院後の生活に備えて、リフォーム代やヘルパー費用の為にと、積み立てていた。

社員だって少ない給料でやりくりしているのに、社長の自分が理由もなく他より多くの金を得る訳にはいかないと、父自ら給料をカットし、人件費を抑えていたことが完全に裏目に出た形だ。

「それにしても。……カタノメディカルが、そこまで経営に困っているはずは」

後は継がないと宣言してはいるが、医師として医療業界に身を置いていれば、関わる企業の業績などそれなりに耳に入る。だから久澄が首をひねるのも当然だ。

「私も、そう思うのですが、でも、実際にお金が足りなくて」

第二秘書として、父と会社の仲介を務める碧衣だ。仕事中に収支や売上に関する報告書を目にすることもある。

それらを見る限り、目立つ損失が出ている訳ではない。

けれど合算し決算書となった時、なぜか利益が予想より少なくなっており、――結果、砂山が打ち寄せる波に削られるようにして、会社の資金は失われていた。

とくに父が主導となって行っていた、海外から輸入と販売代行をしている難病や癌《がん》の製薬部門で。

「取引時の外貨交換レートを間違っていたとか、そんなミスだろうと重役の間では言われているんですが、契約内容やお金の流れに詳しいのは、父か、その補佐をしている多田さんしかいなくて」

「多田……、ああ、あの秘書か」

お見合いの件で行き来したから面識があるのか、鼻頭に皺《しわ》をよせつつ、久澄は碧衣に先を促す。

父が入院している今、多田だけが取引先の窓口となっている。

だから負荷が掛かりすぎているのではと、手伝いを申し出たことはある。

けれど、入って三年しか経っていない碧衣になにがわかるとせせら笑われ、難解この上ない英語の契約書や、海外の薬事法に関するレターの束で机を叩かれ、怒鳴るような声で威圧されれば、もう黙り込むしかなかった。

「久澄先生のお父様の会社、……アスライフ製薬から人が入ることにはなってはいるんですけれど、多田さんが言うには、会社同士の折り合いがつかないと」

だから見合いが打診されたと碧衣は思っていた。

実の息子を碧衣の婿とし、次の社長とすることで、古株の社員らの反発を抑え、会社はゆるやかに吸収、合併されていくのだろうと。

けれど、相手が久澄だと知った今、変だなとも思っていた。

——久澄が、医師を辞めるはずがない。

医師として周囲からの評価が高いのもあるが、なにより、本人が救急医という仕事に誇りを持ち、それを生きがいにしている。

大手企業のアスライフ製薬の後継を辞退するぐらいだ。それより小さな会社で社長になるなど眼中にも入らないだろう。

「大体の事情はわかった。……それから、君についてだが」

そこで言葉を切り、つっと目を逸らした後に、久澄は言い切った。

「しばらくここで暮らすといい」

そのほうが安全だと言われるのと同時に、碧衣は、ええっと大声を出していた。

「ちょっと待ってください。そんな、いきなり……久澄先生の家に居候するなんて」

「別に気にすることはない。……君が知っての通り、俺は病院での泊まりが多い。多少の間、当直室に住み着いていても別に文句は言われない」

好きに使ってくれていい。とまでいわれ、碧衣はぽかんとしてしまう。

「病院に、住み着くって。……だって、ここに戻ってきたほうが楽なんじゃ」

久澄の家は、彼が勤務する英朋《えいほう》医科大学病院からさほど遠くない。

間取りがゆったりとした3ＬＤＫのマンションで、碧衣も評判は聞いている。引退した医師たちがお金を出し合って建てたらしく、二十四時間待機のコンシェルジュサービスや、ジムや住民同士が交流できるコミュニケーションホール、そこを利用したバーラウンジサービスも曜日限定で開催される、そこそこハイグレードなマンションだ。

病院よりずっと利便性も、居心地もいい。なのに久澄は頭を振って否定した。

「いまは俺より、君の安全のほうが大切だ。……ここなら部屋の余裕はあるし、いざとなれば、買い物を代行するなどして外出を減らし、身の安全を図ることもできる」

セキュリティ面でも、二十四時間、コンシェルジュが玄関で出入りをチェックしており、建物の周囲を守衛が巡回しているため不審者への対応も早い。

「確かにそう、かもしれませんが。そこまで久澄先生にご迷惑をおかけするのは」

心苦しいといいかけた碧衣を静止し、久澄は二、三度口を開閉させた後、一気に告げた。

「俺が、自分の婚約者を心配してなにが悪い」

「こ、婚約者」

完全に声が裏返ってしまう。

マグカップを落とさなかったのは奇跡だと思えるぐらい、心底、驚いてしまった。

「こ、こ、婚約者って、私たち、今日、お見合いしたばかりですよ！」

急展開すぎる。

思わず叫べば、久澄はやや頬を赤らめつつ、吐き捨てた。

「だが、俺は結婚前提で縁組みを進めると言ったし、君も反対しなかった」

はね除ける勢いで告げられ、うぐっと喉で声が詰まる。

「そ、それはそう……ですけれど」

「なら、世間的には婚約者だろう。それとも結納がお望みか？　なら、明日か明後日にでも手配するよう父に言うが」

「そういうことではなくて！」

たまらず叫び、立ち上がる。けれど、次の言葉の持って行き場がない。

――私は貴方が好きなのに、同居なんてしたら心臓が持ちません。

困ると言いかけ、次の瞬間、碧衣は糸が切れた人形の動きでソファに座り、顔を覆う。

(だからなんなの。久澄先生は、私をなんとも思っていない)

どころか、過去の汚点として軽蔑し、嫌っているようでもある。

碧衣一人が意識してわあわあ騒ぐのは、自意識過剰というものだろう。

(なにより、この縁談は断れない)

お見合いが終わった後、叔母とした会話が頭をよぎる。

久澄が結婚すると言えば、碧衣は従うしかない。

でなければ彼の父が機嫌をそこね、共同経営の話が白紙に戻りかねない。

そうなって困るのは、今まで一生懸命にがんばってきてくれた社員たちだ。

「……わかりました。ですが、父にはまだ言わないでください。変に心配させたくありませんから」

お見合い話を出したのは父だが、トントン拍子に縁談が進むどころか、即日同棲など聞けば、きっと驚くに違いない。

手術は成功し、日々リハビリに励んでいるとはいえ、身体はまだ本調子ではなく、ちょっとした事で体調を崩すのだ。

まずは自分がという状況なのに、碧衣のことで心労をかけたくない。

そう告げると、久澄は唇の端をきつく引き締め、なにかを考え込んでいた。

「碧衣……さん、は……」

静かなリビングに、ぽつんと久澄の呼びかけが響く。

けれど先に続く言葉はなく、碧衣はどうしたのだろうと首を傾げる。

「いや。……それより、気分はどうだ？　落ち着いてきたか」

突然、話題を変えられ、目をまばたかせていると、不意に久澄が手を持ち上げ、初めて見つけた果実に触れるように、そうっと碧衣の頬に手を添えた。

皮膚に触れるか触れないかの位置で留まった男の掌は大きく、碧衣の頬どころか横顔をすっぽりとつつみ、心地よい温もりを空気越しに伝えてくる。

「あ……」

思わず声を上げてしまう。

昼間は二度と触れ合えないだろうほど遠かった心が、いま、すぐ側にあるようで、碧衣は、甘くて幸せな気持ちになる。

――すごく、近い。

額どころか、唇まで触れそうな距離から顔をのぞき込み、まぶしいものでも見るように、目を半分伏せがちにしたまま見つめられ、碧衣の鼓動が速くなる。

すごく、近い。――まるで、初めてキスした、あのグラスボートの時のように。

ここは東京で、しかも夜で、室内でもあるのに、碧衣は、どこまでも続く海と空の間で、久澄と二人きりでいるような錯覚を覚えてしまう。

心が急速に過去へと引き寄せられ、碧衣は驚きのままに薄く唇を開き、吐息だけで、久澄先生、と自分に触れる男の名を辿る。

そして、目の前の久澄の唇もまた、碧衣――と震え名を呼んだ気がした。

あらがえない引力のようなものが、体温の上昇とともに現れだす。

焦れったいほどの時間をかけて、互いの顔が近づいていくのがわかる。

顔に触れる男の吐息が、一秒ごとに、強く、熱れだすのを感じ、碧衣がそっと目を閉じれば、久澄が喉仏を大きく動かし唾を呑む気配がした。

あと少しで唇が触れると感じたその時だ。

カフェテーブルに置いてあった久澄のスマートフォンが、けたたましく呼び出し音を響かせる。

「ッ、……俺」

言うなり、碧衣を手で押しのけ、逃げるように久澄はスマートフォンを手に取る。

だけど、相手は大した用事でもなかったようで、呼び出し音はすぐに切れ、ほどなくしてメールの通知音が一つ鳴る。

気まずげにスマートフォンを操作していた久澄は、二度ほど画面をスクロールすると、大きな溜息をついて、腕で顔を覆う。

「病院からの呼び出しなら、私……、その、タクシーでホテルに移動します」

「は？」

「いや、だって、久澄先生がいないのに、ここにいるわけには」

碧衣をよく思ってないのに、家に置いて気にならないのかと心配する気持ちもあったが、本音は、キスしかけたまま、久澄の家に留まり、彼の気配や香りに包まれ、いつ戻るかしれない相手を待つのは嫌だと思ったゆえの提案だった。

「大丈夫、です。……それに、あの、結婚のことも。面倒かもしれませんけど、ちゃんと、したほうがいいと思います」

心の中で、父や叔母、そして社員に謝りつつ告げる。

偽装結婚を持ちかけられ、昔の負い目ゆえに反対もできず流されてきたが、先ほど、キスを拒まれて、目が覚めた。

「ちゃんと、ね。……はっ、心配しなくても、明日にでも記入済みの婚姻届を渡すから、好きな時に出せば……」

「いえ、そうじゃなくて。……私なんかより、ちゃんとした相手を選んで、まともに結婚したほうがいいと！」

井口凛々花の勝ち誇った笑顔と、美しい容姿が脳裏に浮かび、思わず語気を上げる。

「私なんかより、久澄先生にお似合いな人って、一杯いると思う。もっと美人で、もっと大人っぽくて、もっとスタイルがよくて、もっともっと、その、とにかく似合う人が！」

キスを拒まれたのは電話のせいだ。そう思おうとしたけれど、駄目だった。

電話がなくても、いや、キスしても、久澄はきっと後悔した。

理由は説明できないけれど、碧衣にはわかる。久澄は碧衣と〝そういう関係〟になるのを避けているのだと。

「なんだ、それは」

「あの、昔のことは……。本当に、申し訳なかったと思います。すごく、悔やんで反省しています。でも……だからといって、私と結婚したら、きっと後悔すると」

ああ、違う。こういう謝罪の仕方をしたい訳じゃなかった。

大人として、きちんと説明して、相手に納得してもらった上で謝り、互いに気持ちをすっきりさせて――。

（別々の、人生を歩む、べきだ）

目が潤んで熱くなる。瞬きを繰り返し、唇を噛み、泣くまいと無駄な努力を重ねる。

「碧衣以外って、なんだよ、それ」

取り繕う余裕もないのか、素のままの口調で久澄が吠える。

いつもであれば、男性の大声など怖くて仕方がないのに、今の碧衣はそれどころではないほど、久澄に対して鬱屈《うっくつ》した不満を抱えていた。

「だって、そうでしょう？　三年前は唇を合わせるだけのキスしかしなかった。その頃は私も大学生で、貴方から見れば子どもでしかなかった。なのに今だって！」

叫んで、息が途切れた後、碧衣は、死に絶える蝶が羽を動かすような囁きで、胸に根を張るわだかまりをこぼす。

「今だって、キスを避けた。……結局、久澄先生にとって、私はなんでもない存在で、抱きたいとも思えない女のまま……」

大人の女として、非の打ち所がないほど華やかな井口凛々花の台詞がわあんと頭に響く。

〝セックスに決まってるでしょ。彼、凄いわよね。ほんと。びっくりするぐらい上手いし、タフだし〟

――貴女みたいな小娘だと辛いんじゃない？

碧衣など、しょせん同情で付き合ってやったら、勘違いする程度の小娘。

三年経ったのに、結局少しも変われていない自分に対するいらだちが、久澄へと向かってしまう。

八つ当たりだ。悪いのは自分だとわかっているのに、どうしても言葉が止まらない。

「手を出す気すらない女と、どうして結婚するんですか。……偽装結婚だから、私が断れない立場だから、どう扱ってもいいと、……浮気しても大丈夫だという理由でもあるんですか？」

そう。三年前に、碧衣に気を持たせながら、凜々花と大人の関係にあったように。

相手どころか、自分まで傷つける刃《やいば》を放ちながら、どこかで清々してもいた。

（もういい。壊れてしまえ、傷ついてしまえ、一番酷い思い出になってしまえ）

そうすれば——二度と、恋なんてせずにすむ。

久澄への思いに希望を抱かず、初恋は思い出ごと穢れて息絶える。

そうなってしまったほうが楽だ。好きな人から同情か軽蔑しか向けられず、キス一つ与えられないまま老いていくよりは。

決して誰にも見せたことのない、ドロドロとした汚い感情をさらけ出す。

相手が誰であれ、努力すればいつかは幸せな夫婦になれると自分に暗示をかけ、望まない心を黙らせ、お見合いに挑んだ。けれど。

（久澄先生だけは、きっと無理）

頭の中がめちゃくちゃだ。

感情と記憶が爆発しすぎて、なにが正しいのかもわからない。

ただ、これ以上、久澄の側にいても苦しむだけなのははっきりとわかる。

「ありがとうございました。もう、行きます」

なんに対するお礼なのか、考えればおかしな台詞なのに、それすら気付かず、碧衣は、ソファに置いていたバッグを摑んで逃げようとする。

碧衣の言い分を黙って聞いていた久澄は、けれど、当然、逃がすはずがなかった。

床を踏み切り、あっという間に碧衣との距離をつめ、その手からバッグを奪いリビングの端へ放りなげると、そのまま身体で押すようにして碧衣の行く手を塞ぐ。

壁際に追い詰められた碧衣が目を白黒させていると、久澄はひどく無造作に両手を壁につき、自分の身体を使って碧衣を閉じ込めるようにして肘を曲げだす。

急接近に顔を背けようとするが、当然、久澄はそれを許さず、形のよい額を碧衣の額に押しつけ、鼻先を互いに触れさせ笑う。

「人の気持ちも知らないで。……誰が、碧衣にキスする気がないだって？　なにもする気がなかっただって？」

言うと同時に久澄は顔を傾け、碧衣の唇に自分のそれを押しつけた。

「んんっ！」

なにをするんですかと叫んだつもりだった。けれど、実際には声を出すより早く、男の舌が碧衣の口腔に入り込んだ。

歯列を割って入り込んだ舌が、碧衣の小さな口腔をたっぷりと満たす。

自分とは異なるものが内に潜む。

初めての感覚に驚愕し、唇の動きを止めると、薄く開いた皮膜の間を押し開けるようにして久澄の舌が差し込まれ、ぐちゅぐちゅと淫らな音を立てつつ内部を舐めだす。

肉厚でぬるりとしたものが自分の舌に絡みつき、唾液を交換するような激しさでくねる。

時折、口蓋や奥歯の付け根をたどり、さらに喉近くまで含ませたかと思うと、息苦しさを感じる直前でさっと翻《ひるがえ》される。

（やっ……！）

初めての時にしたキスを塗りつぶしていくような、激しく濃厚な口づけに身をよじるが、それがいけなかった。

久澄は、身を壁に押しつけ逃れようとする碧衣の後頭部に手を当て、もっとと命じるように力を入れて引き寄せる。

最初は、気持ちよさがわからなかった男の舌のぬめりや熱も、時間が経ち、こなれるに従って、違う感覚へと変化しだす。

（な、に……？）

舌根を丹念に舐められ、互いの唾液が絡み混じり合うとろりとした感覚が募るごとに、顎の力が失われていく。

同時に、頭の芯が痺れ、ぼうっとなっていく。

酸欠だと思うも、苦しさと違うことは、下腹部を疼かす衝動で理解できた。

碧衣の身体から強ばりが抜けるに従い、久澄のキスは緩やかで繊細なものに変化しだす。しゃにむに含ませ絡めるだけだった舌が、奥歯から手前へと丹念に歯茎を舐め、真珠色をした女の歯を磨くように舌先でそうっと形をなぞる。

くすぐったさに身を竦ませれば、怖がらなくてもいいと告げるように、後頭部に当てられた手がそっと撫で、指が碧衣のうなじに優しく触れて慰める。

奪い喰らうような激しさに取って代わった情動がなにか、初めての碧衣にはわからない。けれど、身を任せるように力を抜けば抜くほど、久澄は大切なもののように碧衣に触れてくるのだ。

どうしてだろうか。

嫌いなら、過去の事が許せないなら、好き勝手に奪ってしまえばいいのに、自分が気の済むようにして感情を叩き付けてくれればいいのに、どうして——恋人のように触れてくるのか。

相手の気持ちが読めない困惑と、身を惑わす甘やかな疼痛に身震いすれば、変に媚びた音色が鼻から抜けた。

「ん、ふ……ぅ、んんっ、ん」

まるで子犬の鳴き声だ。ついこぼれた甘声に羞恥《しゅうち》を覚えていると、久澄の喉が嬉しげに小さく震えた。

どきりとして目を開けば、長いまつげを伏せ、ただひたむきに碧衣という存在を求め舌を絡める男の顔が見えた。

強く、凛々しく、力強く――そして愛おしい。

（ああ、そうか。愛おしいんだ）

久澄がどう思っているにしろ、碧衣は久澄のことが好きだ。それだけはずっと変わっていない。

本能に近いところで理解した瞬間、膝から力が抜け、碧衣は壁に背を預ける形でずりおちかける。

「……碧衣」

気遣いに満ちた声で名を呼ばれ、はっと頭を上げれば、真摯でひたむきな眼差しを向ける久澄の顔が瞳に映る。

「久澄、せんせ」

うわごとじみた声で名を呼び、吸われ腫れぼったくなった唇を震わせると、彼は碧衣に額を押し当てたまま、碧衣が来ている男物のロングTシャツの裾を、ゆっくりと指でたくし上げ始める。

「……触れたい、もっと」

言われたのか、それとも、求められているという夢に浸りたい自己の幻聴か。

わからぬままうなずけば、より大胆に男の指が布を寄せ、ついには膝横の皮膚に触れる。

「んっッ」

男の指先から伝わる熱の熱さと、硬く乾いた感触に肩を跳ね上げた途端、肌を探ろうとしていた久澄の手の動きが止まる。

けれど、碧衣が反発しないと見て取るや、そろりと――静かにピアノを奏でるようなやりかたで、久澄の五指が碧衣の膝から太股までを撫であげていく。

風呂上がりなだけでない、違う理由で体温が上がっていく。

落ち着かなければと思う理性とは裏腹に、身体はどんどん興奮し、淫らな熱を宿しだす。

まだ半乾きだった髪がうなじを滑って頬へさしかかる。

肌を撫でる濡れた感触にびくつくと、思うより近くに久澄の顔が迫っていた。

裾をたくし上げている右手はそのままに、久澄の左手がするりと首回りへ移動し、丸襟の縁に曲げた人差し指をかけ、悪戯めいた動きでくいっと引っ張る。

男物なので息苦しくはならない。そのかわり、いつもより広い襟口から外気が入り、胸元からへそあたりまですうっと空気が対流する。

「ひぁん……！」

乳首を撫でる風の冷たさにゾクゾクし変な声を出せば、久澄が眉を大きく上げて、目を丸くする。

女らしさとは無縁の色気のない声だったと気づき、手を口元に当てて顔を真っ赤にすれば、たまらないという仕草で久澄は碧衣の肩口に額をあてて、笑いだす。

「やっ、もう。笑わないでください！　どっ、ど、どうせ！　子どもっぽい、ですよ」

頭に血が上ってくらくらしつつ、碧衣はやけっぱちに叫ぶ。

久澄の恋愛経験がどれほどのものか知らないが、その中でもダントツで、自分が幼く、色気がないと推測できた。

涙目で笑い続ける久澄を睨み、きゅっと唇を引き絞れば、彼は碧衣の肩に額を当てたまま、猫の仕草ですりすりと頭を左右に振る。

布が擦れる。そしてその向こう側から、硬くて滑らかで——温かい男の熱が滲んでくる。どくどくと、血が流れる音が聞こえそうなほど激しく波打つ心臓を感じつつ、碧衣が息を詰めていると、久澄が、少し掠《かす》れた色っぽい声で、馬鹿だな——と呟いた。

「子どもっぽいとか、俺に似合う女性がもっといるとか。ほんと……分かってない」

呆れた声色で、でもなぜか優しく久澄が続ける。

「大人だろうが子どもだろうが関係あるか。碧衣だぞ。……相手が碧衣だから嬉しいんだろう。碧衣が俺の手や指に反応するから、それが可愛いと思ってしまうんだろう」

分かれ、とつぶやき、久澄は先ほどより少し強く歯を首筋に当てる。

「あっ！」

久澄の言葉を理解して目を見張るのと、甘噛みされた肌が疼いたのは同時だった。

噛まれたのは首と鎖骨の間なのに、なぜか胸や腰の裏にくすぐったいような感覚が走りうろたえる。

その上、碧衣だから嬉しく、碧衣だから可愛いと思うのだと言われ、恐ろしく心が舞い上がり、思考が上手くまとまらない。

まるで碧衣だからいいのだ。碧衣だから欲しいのだと言わんばかりの台詞と、行動に、臆病な自分が疑問を呈す。

「でも、三年前にッ……んんっ、ッ」

井口凜々花と付き合っていた。彼女のほうが美人だった。なにより彼女は大人の女として久澄と対等であったのではないか。それに比べれば自分など――と言いかけるも、久澄が不満を述べるほうが早かった。

「挙げ句に、〝浮気しても大丈夫そう〟だから、碧衣と結婚するだと。……大した名誉毀損だな。誰が浮気だ」

拗《す》ねた声で吐き捨て、久澄は碧衣の肌にある己の歯形を舌先でつぅっとなぞる。

濡れた舌に肌を辿られた途端、体がそわそわしだす。

くすぐったさに似ているが、それとは違う。もっと身体が焦れ、もどかしくなるような――日常と馴染まない感覚に碧衣は身震いしつつ首をすくめる。

なのに久澄はお構いなしに、先を続けた。

「その上、こんな格好で〝もう、行きます〟だと？　冗談じゃない」

言うなり、久澄は丸襟をさらに強く指で引っ張り、そこを覗き込むようにしつつ、碧衣の肌に息を吹きかける。

鋭く熱い熱風が、鎖骨の間から乳房の狭間を抜け、腹のあたりで拡散する。

男の吐息に撫でられた肌は、異性の熱にわななくように、産毛がわっと立ち震えだす。

身体の中では心臓が激しく脈動しだし、喘ぐように息を紡ぐと、まるで触れてくれといわんばかりに胸の双丘までもが大きく膨《ふく》らむ。

「は、あ……」

たまらず喘ぐと、久澄はしたり顔で目を細め、碧衣の耳朶にそっと唇を触れさせ告げた。

「襟元から胸が丸見えどころか、先も色づいて勃ちはじめているが？」

「やぁ……、見、ない……で」

初めて異性の目に胸を覗かれた羞恥で、碧衣の頭に血が上る。

潤んだ目で男を見上げ、声なき懇願を捧げれば、彼はふっと小さな笑いを落とす。

「まあいいさ」

そっけなく告げ、久澄は碧衣が来ているTシャツの丸襟から指を外す。

途端、離れて居た布が肌の上へと戻り、生地の柔らかな感触に息を吐いた刹那。

「直接見なくても、服の上からわかることだし」

言うなり、襟元から膨らみの頂点へと移動させた指で、頭をもたげだしていた花蕾を弾く。

「ああっ……！」

ぴんとした鋭い疼きが乳首から膨らみへと走り、碧衣はたまらず背を反らす。

「白い乳房が膨らんで、服の上からもわかるほど、先が色づき勃ちあがって。……これでどこに行くだと？　外に出た瞬間、痴漢のいい餌食になるだけだ」

なにが腹立たしいのか、口をわずかに尖らせ久澄が言うが、碧衣はもうそれどころではない。

単語ごとに、責めるように胸の尖端を爪で弾かれ、そのたびに走るビリビリとした刺激に身を捩《よじ》る。

前を久澄の身体で遮られ、横だって逃げられないよう、壁についた膝と手で阻まれ、碧衣はごく狭い範囲で悶えるしかできない。

その上、大した運動をしたわけでもないのに、息が上がり、どんどんと身体に熱と衝動がわだかまりだす。

触れる面積が少なくなればと、肩を狭めて首をすくめてみれば、今度は、無防備に晒された耳へと歯を立てられた。

じくりとした疼きが耳殻からうなじへと走り、そこから背骨伝いに腰へと落ちる。

走り抜けた不可解な疼きは尾てい骨あたりで突然重みを増し、腰や腹の奥にひどく響く。

じっとしていられない衝動に襲われ、その余韻に煽られるようにして息をこぼせば、久澄が休ませないと言わんばかりに、耳殻を嚙み、しゃぶる。

ぐちゅぐちゅ、ちゅぐりという濡れ音が、鼓膜から直接脳に響く。

卑猥でいけないことをしているのだと、嫌でも自覚させられる音は、いたたまれなさと同時に、妖しい興奮を呼び起こす。

——触れないでほしい。いや、もっと触れてほしい。

相反する情動が渦巻き、碧衣はどうしていいかわからない。

ただ、頭の後ろを壁に押しつけながら、自分の身体が、久澄が与えるものを少しずつ受け入れ、変化していく様に喘ぎ、身悶えるしかできない。

そのうち、息を絞り声をころせば、疼きが少しだけましになることに気づき、碧衣は唇を引き結ぶ。

「んっ……ンンッ、ふ……ぅ」

息を継げないのは苦しいが、くねくねと勝手に動く身体が動くことはない。

そうして、久澄が気の済むまでやり過ごそうとした時だ。

それでは面白くないと言いたげに、太股から腰を緩やかに撫でていた男の手が、強い力で臀部を掴む。

「ひぁあああっ……あ！　あ！」

まるでパン生地を捏ねるように、柔らかく小さなまろみを揉みしだかれ、碧衣はたまらず口を解き、大きな声で喘いでしまう。

「は、……いい声」

相手に聞かせるというより、己の中にある感情を放つように久澄が呟く。

同時に、それまで距離を置いていた下半身を力強く碧衣の腹に押しつける。

スラックスの上からでもそれとわかるほど、硬く兆《きざ》したものでへそあたりをくじられ、碧衣は鋭く息を呑む。

――久澄が、欲情している。

未知の感覚に竦んでいた心に、ぽっと温かいものが灯る。

久澄が、碧衣の痴態に煽られ欲情している。雄として求めだそうとしている。

理解した瞬間、怯えがちだった心の中に、嬉しさとも、歓びともつかないものが芽吹き、硬く怖がりがちだった肩や腕から力が抜ける。

「ぁ……は、あ」

足りなかった酸素を補うように唇が大きく開き、わずかに舌を覗かせつつ、呼気を取り込む。

するとさ胸郭がいままでになく大きく膨らんで、上にある乳房がふるりと揺れた。

震える身体に呼応して、着ているTシャツの布がするすると滑る。

踏んだなら取るに足らない、どころか、意識もしない摩擦《まさつ》なのに、どうしてか酷く肌に響く。

「ああ、あ……ッ」

たまらず身を捩れば、皺寄り硬くなった部分が乳首の側面を擦りあげ、碧衣は勢いよく首をのけぞらす。

壁にぶつかり、痛みを生み出すはずだったそれは、けれど一瞬の間もおかずに、男の手により塞がれる。

大きな久澄の手が、柔らかに碧衣の後頭部を受け止める。

男の手の節にある骨が壁に当たる、コツリとした音がかすかに聞こえた瞬間、庇われたことに気づき、碧衣は久澄の顔を窺い――息を呑んだ。

確かに痛みを感じたはずなのに、久澄は眉一つ潜めず、どころか碧衣を咎めるような目で見ることもなく、ただ――ひたむきに目を潤まし自分を見上げる女を見つめていた。

「碧衣」

掠れた声が鼓膜に届いた途端、腰の辺りがぶるりと震え、一瞬、呼吸も鼓動も止まる。

久澄が、目を細めながら碧衣を見つめていた。

まぶしいものを見るように。否、視線で射貫いて、己の手中に収めようとするように。

まるで太陽を欲しがる子どもだ。無謀だとわかりながらも求めて手を伸ばす。

馬鹿みたいにシンプルに、真っ直ぐに、なによりも己を疑わず。

怖いほど研ぎ澄まされた男の視線に宿るのは、純粋すぎる劣情だった。

「……ッ」

なにか言おうと考えるも、相手の情動に押されて声がでない。

欲しいと訴える視線の強さに、心が射貫かれてしまったのがわかる。

肉食獣に仕留められた獲物と同じだ。圧倒され、組み伏せられ——やがて、命を繋ぐ一つの血肉になりはてる。

「怖い？」

尋ねられ、頭を振った碧衣は、壁を押すように下ろしていた手で、久澄のスーツの上着を掴む。

露骨に欲情した男の視線が恥ずかしくて、碧衣は少しずつ、うつむきがちになるが、完全に首が下がりきる前に、久澄の指が顎に添えられ、そうっと優しく掬いあげられた。

再び視線が交わり合う。

灼けるような劣情の光は同じだが、それ以上にひたむきで一途な眼差しが注がれる。

「俺は、三年前も、今も、ずっと、碧衣にキスしたいと思っていた。抱きたいとも考えていた。……君は？」

思いも寄らぬ告白に、歓喜と困惑が入り交じり、碧衣はめまぐるしい思いを落ち着きかせられない。

衝動が勝ちすぎている。

キスしたい、抱きたいと思っていたなら、どうして三年前、久澄は碧衣に手をださなかったのか。

確かに碧衣は学生ではあったが、成人していた。だから法に触れるわけではない。

（だとしたら、どんな理由があったのだろう）

確かめるべきだ。尋ねるべきだと理性が訴えてくるけれど、それより、今は、久澄が碧衣を求めているということがすべてに勝っていた。

「……久澄先生なら」

「駄目だな。そんな曖昧な答えじゃ同意にならない」

自分から、お見合いをして縁談を進めるから婚約者と言い切ったくせに、碧衣が浮気者となじったからか、それとも、単純に困る様子を見てみたいのか、久澄が意地悪に笑いながら要求する。

「……ッ」

初めてで、男の誘いかたも分からないのにと、心の中で久澄をなじりながら、碧衣は思いきり彼の胸元に顔を伏せ、声を震わせつつ告げた。

「抱いて、ください」

自分の言葉が耳に入った途端、体温が急上昇し頭の芯までのぼせてしまう。

平凡な碧衣の、平凡で終わるだろう人生で、こんな大胆な台詞を吐くなど、まるで考えもしなかった。

けれど、久澄ならいいと思う。

たとえ、この夜だけの戯《たわむ》れだとしても、勢いとか、売り言葉に買い言葉だとしても。

――ここまで久澄に欲しがられて、碧衣に断るすべはない。

勇気を振り絞り、相手を誘う言葉を口にしたのに、久澄は碧衣を腕に抱きしめたまま、まるで子どもをあやすように、頭や背中を撫でては頬ずりするばかりで、先に進む気配がない。

けれど、愛撫に焦らされた女体は時間が経てば経つほど疼いて、碧衣は恥ずかしさと、腹立たしさをない交ぜにしつつ声を上げる。

「い、嫌なら……も、もう、いいでっ……ンンぅ！」

キスしたいのではなかったのか、抱きたいのではなかったのかとの抗議を込めて叫んだが、けれど最後まで行きつかないまま唇を塞がれる。

そのまま、ひとしきり舌を絡め、碧衣の口を隅々まで味わった久澄は、わずかに頬を上気させ、はにかみながら謝った。

「……ごめん。赤くなって、一生懸命になっている碧衣が、あまりにも可愛いすぎて、抱くのがなんだかもったいなくなってきた」

そういわれ、また子ども扱いして投げ出されるのかと目を潤ませれば、すかさず久澄がまぶたにキスしてきて、濡れたまつげを唇でそうっと食んで笑う。

「だからといって、やめたりはしないけれど」

言うなり、碧衣の前で腰を折り、あっという間に腕にかかえて抱き上げる。

「きゃっ……ッ」

昼間と合わせて二回目だ。それでも、姫君のように久澄に抱かれることには慣れない。

不安定なわけではないが、高すぎる視線が怖くて抱きつけば、甘える仕草で、久澄が碧衣の耳や首筋にキスし、それから顔を傾け唇を奪う。

隙間なく互いの口を重ね、息を奪うほど激しく碧衣の舌を吸い、己の口へと誘い込み、容赦ない激しさで舌を絡め擦り付ける。

呑み込みきれない唾液が口端から滴り落ちるが、気にする余裕などない。

奥歯の付け根を舌先で丹念に舐められるともうだめだ。

顎に力が入らなくなり、碧衣は慎《つつし》みもなく、ただ求められるままに口を開いて、久澄の熱い舌を受け入れる。

柔らかい頬裏をねっとりと舐め溶かすようにして舌を添わされ、ざらりとした表面を口蓋にあてててくすぐられる。

舌の動きが変わるたびに感じ方も変わり、蕩け痺れ、疼くさざ波が、全身を走り抜ける。

含んだものを呑み込むことも、押し出すこともできずにいると、くちゅぬちゅという唾液の音が激しくなり、淫靡な空気が高まっていく。

そうやって互いにキスに耽溺しつつ、久澄はベッドルームへ碧衣を運ぶ。

互いを貪ることに夢中となるあまり、途中で、毛足の長い絨毯に靴先をひっかけたり、家具に膝をぶつけたりしたようだが、その無骨ささえ、碧衣が欲しくてたまらないという主張に思えて、ただただ嬉しく愛おしい。

やっとベッドへ辿り着くも、その頃には碧衣は酸欠気味となっており、下ろされた姿勢のままぐにゃりとシーツへ倒れ込む。

久澄は、そんな碧衣を嬉しげに見つめつつ、もどかしげな手つきでスーツを脱ぎ捨て、ネクタイもベストも一緒くたにベッドの下へ放り投げ、荒っぽい手つきでシャツのボタンを外しだす。

けれど最後にはそれさえ面倒になったのか、ボタンを引きちぎるようにして肌から引き剝ぎ、裸身を晒す。

一切の無駄がない、ギリシャ彫刻さながらに引き締まった上体に目を奪われる。服を着ている時もスタイルがいい人だなと常々思って居たが、裸身はそれ以上に素晴らしく、肉体として完成されていた。

すっきりとした耳から肩へのライン。そこからバランスよく盛り上がる上腕の筋肉は、硬くすっきりとした形の肘で絞れ、真っ直ぐと手首まで伸びていく。

脇から腰へ絞れていく筋肉は、しなやかな輪郭と陰影をみせつけながら、腹を包む逞しい腹筋へと至る。

なにより、ぴんと張った肌の上に、汗が一筋、二筋と浮いて身体を伝う様子が艶めかしく、碧衣は思わず唾を呑んで、久澄の裸身に見入っていた。

だからだろう。気付かぬうちに腰下に手を入れられ、背が浮いたと思った時にはもう、着ていたロングTシャツの裾をつかまれ、あっという間に頭から抜き捨てられてしまう。

「あっ……！」

服が脱げた勢いでまた仰向けに倒れた碧衣は、自分の胸の上でふるんと双丘が揺れるのを見て目を大きくする。

あまりに素早く服を奪われ、裸になったことに気付くのが遅れてしまった。

急ぎ、自分の腕で隠そうとするも、それより早く久澄が覆い被さってきて、碧衣の頭の横に両肘をついて、笑う。

「……好きだな。碧衣の、そのびっくりした顔」

目を細め、本当に幸せそうに言われドキリとする。

昼間の久澄とは大違いだ。けれど――。

(沖縄にいた頃の、久澄先生だ)

真っ青な海や原色の花を背景に、碧衣に手を差し伸べ、屈託なく笑っていた時の久澄が、ここに居る。

多幸感が湧き上がり、胸を満たす暖かさと嬉しさに恍惚とすれば、久澄が今更に、触れるだけの可愛いキスを碧衣の額へと落とす。

ぴったりと重なる肌の熱が互いの間で同化し、しっとりとした汗が馴染みあい、密着感を高めていく。

呼吸ごとに柔らかい乳房が、久澄の硬い胸板に触れるのが気持ち良くて目を細めているが、すぐにそれだけでは物足りなくなり、我知らず碧衣は太股をすりあわせてしまう。

一分の隙もないほど肌を重ねていれば、どんな動きでもすぐ相手に伝わる。

久澄は、碧衣の身体が焦れていることを察し、ゆっくりと、だが確実に愛撫を強めだす。

乳房を揺らし、形が変わるほど摑みくびりだした先を、指で摘まみリズミカルに転がし、不意をついて爪で尖端をえぐる。

そのたびに背筋がわななき、甘苦しい疼きが全身を打つ。

碧衣はもう、説明されなくても、それが快楽だと理解できていた。

久澄に触れられるごとに、新たな愉悦が芽吹き、弾け、碧衣はシーツの上に髪の毛を散らしながら身をくねらせ、感じるままに声を上げる。

「あっ、あああっ、あ……や」

甘噛みされた乳房から、官能の疼きが毒のように染みてくる。かと思えば、尖端を舐めしゃぶられ、ぬるりとした感触と緩く執拗《しつよう》な切なさに襲われる。

息を継ぐ暇もないほど、久澄は碧衣を味わい貪る。

胸だけでなく肘から手首までを舌で舐め上げ、小さな指の一本一本を丹念にしゃぶる。

久澄は時間をかけ丹念に身体をまさぐり、施《ほどこ》される愛撫に碧衣が慣れだしたと見ると、ふいに手を止めシーツの波間ではくはくと息を継ぐ女を視姦する。

喉元から胸の谷間、へそと視線をゆっくり下ろし、最後に薄布に包まれた場所で視線を留め、これみよがしに唇を舐める。

肉食獣じみた野生的な仕草を見せつけられた瞬間、碧衣は、心臓をわしづかみにされたような衝撃を受ける。

だが、衝撃に伴う痛みは一瞬で、鼓動の数が増えるに従い、甘く淫靡な陶酔が血流に乗って女体を火照らす。

「は、あ……」

触れられていないのに、視線だけで身体が感じ入ることに吐息をこぼす。

絶頂への回路が繋げられていくのがわかる。だけどまだ足りない。――もっと決定的ななにかが、スイッチとなるものが必要なのだと頭のどこかで理解する。

それがなにかはわからないが、自分の中にないことだけはわかる。

――久澄だけだ。久澄だけが、絶頂への鍵を握っている。

わかった途端、碧衣は衝動のまま、愛する男へ両手を差し伸べた。

「碧衣ッ」

すべてを受け入れ、差し出すという合図を見せつけられ、久澄はたまったものではない。それまでの余裕が嘘のように、一息に碧衣へ多い被さり、しゃにむに舌を絡め、左手で胸をまさぐり感じさせ、ついに右手を下肢へと伸ばす。

へそから脇腹へ寄り道し、足の付け根をなぞっていた男の指は、なぜかためらうように、クロッチの縁を何度か擦り、焦れた碧衣が眉根を寄せたのを合図に布の下へ潜り込む。

長い愛撫を受け、その部分はすでにぬるぬるで、秘裂から滲んだ愛液が男の指にたっぷりと絡む。

久澄は、ひどく慎重に恥丘に刻まれた縦筋に指をこすりつけ、ぬめりが足りていることを確かめていたが、ついにたまらず下着を奪う。

は、と息を吐き、鈎状に曲げた人差し指で下から掬うようにして、未開の花弁を左右にくつろげながら、二度ほど失敗しつつ避妊具の袋を破り、今にも弾けそうなほど膨張した男根に皮膜をかぶせる。

「碧衣ッ」

久澄が叫び、丸くつるりとしたものが膣口に触れたのと、その熱さを感じたのは同時だった。

初めてゆえに、なにがどうなったのか分からぬまま、ぐいと大きく足を開かれ、当たっていた熱がずぶぶと蜜園に埋まりだす。

たっぷりとぬかるんでいたそこは、けれど中まで解されていたわけではなく、結果、酷い圧迫感に襲われ、碧衣は無意識に喉を反らして息を詰める。

小柄で細身のわりに肉付きがまろやかな碧衣のそこは、他とおなじく柔らかで、愛撫で濡れていたこともあり、まるで粘膜のようにぴったりと男の猛りを挟み込む。

だから久澄が、秘孔を捉えたと勘違いし、腰を押し出しても無理はなかった。

薄い秘唇に囲まれた淫裂に尖端が触れ、粘膜が引き連れる痛みに息を呑み、碧衣が肘を使って上体を起こした刹那。

ずぶりと、生々しい音をたてて久澄の男根が未開の場所へと埋められた。

「いっ……ぅ、ぁあああ！」

今までと種類の違う嬌声《きょうせい》――否、悲鳴に、どこか切なげに眉を寄せていた久澄が目を見張り、ひどく慌てた様子で身体を起こす。

その間にも、碧衣は精一杯に背を弓なりにし、痛みを仕草に出すまいと耐えていたが、閉ざした目尻から涙が散るのまではどうしようもなかった。

悲鳴を呑んだ細首が、ヒクヒクと痛ましげに痙攣するのを見て、久澄は顔を歪め、二度口を震わせてから吐き捨てた。

「初めて、なのか」

信じられないと続いた言葉に、碧衣はふと笑いを漏らす。

なぜ信じられないのだろう。碧衣にとって久澄は初恋の人で、初めてデートした相手で、キスだって初めてで――全部が、初めての相手。特別な相手なのに、どうして、たった三年ごときで、他人とすり替えられると思うのだろう。

そういってなじってやりたいけれど、秘部の痛みが強すぎて、碧衣は首を縦に振ることしかできない。

「ッ……く、そ。アイツ……」

久澄が歯ぎしりしながら、なにか呟いていたようだが、碧衣はもうそれどころではない。

足の間に走る鋭い痛みと、内部にある男の熱の強さと、違和感とで、もう一杯一杯だ。

身を捩ることもできず、シーツをきつく掴み、下腹部に力を入れて痛みをやり過ごそうとすれば、久澄が、ぐうっと喉で呻き辛そうに肩で息を継ぐ。

「碧衣……、締めすぎだ。……力を、抜け」

荒々しい息の合間に指示されるけれど、どうすればいいかわからない。

だからゆるゆると頭を振って訴える。

「む、り……ぃ」

「力を緩めろ。そうすれば、多分」

と言われても、どこの力を抜けばよいのかもわからない。

また、身動きしたことで破瓜の痛みがぶり返すのも怖く、碧衣は半泣きになる。

「そんなの、初めて、だから、どうすればいいのか、わからな……ぃい」

すんっ、と鼻をすすって久澄に訴えると、彼は余裕もなにもかもかなぐり捨てた勢いでとんでもないことを吐き捨てた。

「馬鹿ッ、俺だって、初めてだからわかるか！」

ああそうか、と納得しかけて目を見張る。

処女喪失の痛みも、開かれている股間がきしむのも、一瞬で意識の果てに吹っ飛んで、碧衣は目を何度もしばたたかせつつ、ただただ目の前の男を——久澄を見る。

「……え」

数秒の沈黙を置いて、碧衣が驚愕の声を漏らすと、それで久澄は自分が何を言ったのか思い出したようで、真っ赤な顔を腕で覆いつつ告げる。

「悪いか！　お前が初めての女で！」

やけくそで、取り繕いようもないほど真正直な声に、碧衣は口を開き――。

次の瞬間、花が開くようにふわりと微笑んでいた。

――なあんだ。

三年前から、心の底で泣いていた自分が目を丸くして、振り返る。

（そうか、久澄先生も初めてなんだ。そうなんだ）

今まで、夢にまで見て傷ついてきた井口凜々花の言葉が、嘘だったと分かった途端、光が当てられた影のように薄れ消えていく。

凜々花は抱いて、碧衣は抱かれない。そのことで傷つき、干からびていた女の部分が、透き通った水を得たように、みるみる満たされ芽吹いていく。

「碧衣……？」

羞恥で顔を背けていた久澄が、微笑む碧衣に気付いて顔を合わす。

「痛むなら、これ以上は」

自分の中にある欲を抑えているのか、低く掠れた声で問われ、碧衣は緩く頭を振る。

「ううん。続けて？　……初めての夜を、痛みだけで終わらせたくない」

手を伸ばし、呆然としている久澄の頭を引き寄せ、触れるだけのキスをする。

あの夏のグラスボートの時を思いだし、何度も、何度も、触れるだけの拙《つたな》いキスをする。技巧なんて知らない分、好意と衝動だけで純化された口づけに、久澄が陶然とした眼差しを送り、それから、己の中にある本能に従うように、ゆっくりと腰を動かし始めた。

「痛かったら、言えよ」

じれったいほど時間をかけて、亀頭の段差あたりまで抜いて碧衣の表情を窺い尋ねる。

「ん。……でも、久澄先生なら、痛くてもいい」

頬に当てていた手を首に回し、できるだけ肌が重なるよう身を起こしつつ囁くと、久澄が耳まで真っ赤になって、吐き捨てた。

「煽るな、馬鹿」

はーっと二度深呼吸を繰り返し、そこからまた女の中へと屹立を収めていく。

ゆっくり、碧衣を痛がらせないように、壊さないように、大切に。

触れる指から、内部でぴくぴくと動く雄根から、久澄の思いが伝わってくる。

それだけじゃない。

重なる胸や、汗ばむ肌に触れる吐息、混じり合う熱のすべてが愛おしく。好きだと思うごとに心地よさが増してくる。

「ん、ぁ……は」

「碧衣？」

心配げに尋ねられ、大丈夫と答えかけ、碧衣はすぐに言い直す。

「……………きもち、いい」

うっとりとした声で、目も口も半開きにし、艶然と微笑み言われ劣情を我慢できる雄などいない。

久澄はぐっと喉で呻いた後、悪い、と短く謝ってから、素早く腰を動かしだす。

「んんっ、あっ、あ……あああっ、あ」

中で肉竿が動くごとに、声が勝手に弾けて散り、得も言えぬ悦さが腹の奥にわだかまりだす。

揺すぶられ、喘ぎ、身を擦り寄せるうち、突然、碧衣の喘ぎが艶を増した。

「ひぁ……アァッ、あんっ、や、そこ……へ、変ッ」

久澄にとって幸運なことに、そして碧衣にとって不運なことに、埋め込まれた亀頭が一番敏感なしこりをえぐった。

「……ここか」

声を絞り、一際強く腰を打ち付け呟くと、久澄は猛然と蜜筒を穿ちだした。

「やぁああっ、あ、そこ……刺激が、強すぎて、んんんっ、ぅあ、ああ」

もうわけもわからないまま、碧衣は喘ぐ。

久澄の亀頭や張り出した部分が、淫核の裏あたりを擦ると骨の髄まで疼痛が響き、濁流じみた愉悦に意識を奪われかける。

自分の身体が他人のものになったみたいに、びくびくと波打ち、快感に震えわななくのをとめられない。

「やあ、ら……ぁ、ん、……も、無理、そこ、無理ぃ」

びりびりと痺れる疼痛に身を捩り、必死になって訴えるが、それがどれだけ男の支配欲と独占欲を煽り立てるかなどわからない。

「無理じゃない。……もっと、もっと……啼いて、全部、俺に見せろ」

どこか夢うつつに命じつつ、久澄は碧衣と秘部を密着させきり、己の自重だけで尖端を子宮の入口へと擦り付け揺さぶる。

シンプルで強烈な快感が脳を貫き、碧衣は全身をのけぞらせながら達する。

けれど、それで終わりにはならない。救急医として、痛みのポイントや傷を探ることに長けている久澄は、当然のように碧衣の快楽が眠る場所を一度で完全に覚え込み、ひたすらに、そこばかりを責め上げる。

内部を激しく攪拌される気持ちよさに、碧衣は子どものように久澄の肉体にすがりつき、訳もわからず、好き、好きと繰り返し告げる。

「碧衣ッ……！」

名を呼び、久澄が放出に向けて声を絞る。

切なく響く自分の名に呼応して、男を含む蜜襞がねっとりとした動きでまとわりつき、次の瞬間、引き込むように奥処《おく》へ向かってくねり動いた。

ああっ、と、どちらのものとも分からない声が寝室に響き、二人は同時に愉悦の楽園へと辿り着いた。

第五章

久澄は誰もいないのをいいことに、側壁によりかかって眼前を腕で隠す。

（まったく。……しっかりしていないと、すぐにニヤけそうになる）

当直明けのけだるさと、エレベーターが上昇する浮遊感で感覚がぐらつく中、久澄は深呼吸して気持ちを落ち着ける。

初めて碧衣を抱いてから三日。

最高の体験と最低な気持ちにさいなまれ、久澄の精神状態は不安定すぎる状態にあった。

最高の体験は言うまでもない。一目で魅了され、日々を重ねるにつれ心惹かれ、医師としての将来を投げ打っても欲しいと願った初恋の人を、一分の隙もないほどこの手で抱いて貫《つらぬ》いたこと。

そして最低な気持ちの原因は、彼女が処女であるはずがないと誤解したまま、ひどい言葉をぶつけ続けた己に対する自己嫌悪だった。

（碧衣は、ずっと俺に歩み寄ろうと、謝罪しようとしてくれたのにな）

お見合いの日のことを思い出し、浮かれかけていた気持ちが急降下する。

あの日、お見合いに現れた碧衣を見て、久澄は心底驚いた。

鮮やかすぎる色の牡丹や桜が舞う、化繊プリントの振り袖に多すぎるかんざしと、まるで装いのイロハもわからないような、派手かつ成金趣味な格好をしていたが、碧衣にあのきらきらした目と、感情が豊かに表れる顔は変わっていなかった。

一瞬で三年前に心が引き戻されそうになるのを拒むため、できるだけ碧衣を見ずにやり過ごそうとしていた。

というのも、碧衣についてよくない話を聞かされていたし、お見合いだって父が強引に決めたことで、久澄にとっては煩わしいものでしかなかった。

姉が妊娠したので、お祝いに遊びに来いと言われ、行ってみればまるきり嘘だった。

息子を騙し討ちで誘い出すなんて、それでも親かと文句をぶつければ、息子のくせに親の後を継がないやつに仁義はないと父が言う。

そこからは、もう、いつもの文句の応酬で、姉がいなければどこまでも互いに対する不平不満のやりとりが続いただろう。

——とはいえ、昔よりマシな親子関係ではあるが。

久澄が小学校に入る直前、母親が事故に遭った。

丁度、小学校に指定された制服の採寸に行った帰りで、じっとしていたご褒美にとケーキを買ってもらったのまで覚えている。

信号待ちの間に家政婦に紅茶を入れてもらおうとか、晩ごはんはなんだろうとか、そんなたわいない話をしていた時、手を繋ぐ母と久澄を目指し、蛇行した車が突っ込んできた。

――居眠り運転だった。

突然のことに立ちすくむ久澄に対し、母は咄嗟に身を張り息子を抱き込んで。

そのまま二人して弾き飛ばされ、側にあった建物の壁に叩き付けられた。

人が集まり、壊れた車から目の下の隈が目立つ会社員が現れ、救急車が来る。

久澄自身は軽い打撲ですんだが、久澄を庇った分、母のダメージは大きかった。

肩と頸椎、大腿に頭蓋と四カ所も骨折している上、脳挫傷からの出血が激しく、救急搬送中はしきりと久澄の名を呼んで無事を確かめていたが、病院に到着するころにはもう、名を呼ぶどころか呻くこともできないほどだった。

長い手術が終わり、ようやく姿を見せた父親は、妻の余命はそう長くないこと、仮に奇跡が起きて意識が戻り回復したとしても、頸椎からのダメージで一生寝たきりであることを聞き、あらゆる手を打ち、万が一に備え秘書を残してその場を去った。

幼い頃は、二度と起きないだろう母親を見捨てたと憤慨《ふんがい》し、父は冷淡だと反発したが、今ならわかる。

あの頃、父の経営するアスライフ製薬は、海外企業からの敵対的買収行為の標的となっており、社長である父自ら、会社を守るため走り回っていた。

己の妻を襲った悲劇に胸は痛むが、社長である以上、その双肩には数千人の社員が、いや、社員の家族や取引先を入れたら数万の人生が懸かっている。

社会的責任は久澄の想像より遙かに大きく、個人の感傷など後回しにせざるを得ない。

年を得て、知識を得るごとに父の気持ちも理解できたが、十数年をかけてこじれた親子関係は簡単に戻らず、久澄は御曹司として後を継ぐことを周囲から期待されていてなお、医師の道を選択した。

アスライフ——明日を生きるという社名を掲げ、どんなに多くの薬を世に出しても、母の命は救われなかった。

なら、自分は父と違うやり方で、今日の命を救おう。そう考えたからだ。

父も特に反対はしなかった。というのも、アスライフ製薬には国内有数の製薬研究所があったし、福利厚生および社会貢献の一貫《いっかん》として社名を担う総合病院さえ持っていた。

だから久澄が一旦医師となろうと、最終的には親元に戻ると楽観視していたのだろう。

その点がどうなるかは未知数であるが、医学生となり、研修医となり、そして救急を専攻し、なんとか一人前となる頃には、久澄は嫌というほど薬の有用性も、父の選択も理解してしまい、その頃から、反発しながらも徐々に関係は修復されだした。

が、後継者になることは、変わらず拒否しつづけていた。

何度考えても、自分は薬を売るより、最前線で命を救うほうが性にあっているし、経営手腕や腹芸などは、姉の結婚相手――義兄のほうが、はるかに優れているのもわかっている。

今更しゃしゃり出て、社内に不要な派閥を作らせ、家を気まずい場所にする必要はない。そう思うのだが、父は久澄に対して負い目があるのか、ことあるごとに干渉したがり、医師免許を取ってからは、これであとは嫁だけだと言わんばかりに、お見合い話を持ち込みだした。

――それで、結婚したら、次は孫とうるさいんだろう。

などと白けた目でみつつ、久澄は毎週のように送りつけられ、正月には重箱よりうずたかく積み上げられた見合い写真をすべて無視していた。

碧衣との見合いだって、そのつもりであったが、父がいつになく熱心にかき口説く上、会うだけでいいなどと譲歩する。

いつもとは異なる展開に、どんな相手だと尋ねれば、〝急な話のため、見合い写真がない〟だの、〝取引先の御令嬢で、是非、久澄に会いたいと希望している〟だの、しまいには、〝仕事が忙しいなら、大学病院の地下にあるカフェでお見合いを〟などと、恐ろしいことを言いだす。

職場に押しかけられるだけでもたまらないのに、カフェでお見合いなどすれば、即日、上司である副センター長の東條にからかわれ、大学病院に噂が広まるに決まっている。

それは遠慮したい。だが、父の勢いからすると、どうにも相手の娘はわがままで、久澄が顔を見せ、きっぱりはっきりと断るまで退きそうにない。

そう。あのしつこいことこの上ない、客室乗務員の井口凜々花のように。

ならば休日を一日潰しても、綺麗に片付けてしまうに限る。

そう思い、不承不承に顔を出せば、――三年前、久澄との約束を反故にした娘が現れた。

驚くやら、腹が立つやら、信じられないやらで腹の奥底がモヤモヤしたが、それでも、目はずっと碧衣だけを追っていた。

不機嫌な顔をしていても、できるだけ見ないよう顔を横に向けても、やはり瞳は彼女を探したがり、目に留めればそこから動かない。

――なんという未練だ。三年前に、一晩も置き去りにされたというのに。

自分自身に腹立ちながら、庭園を歩いているうちに、さらにむかつくことを思い出した。

写真はともかく、さすがに釣書がないと会話の端緒も礼儀もない。せめてそれぐらいはどうにかできないかと父に言うと、後日、髪をべったりと後ろに撫でつけた、銀縁眼鏡の男が大学病院に現れた。

持参した茶封筒から、パソコンで作成されたとわかる釣書を出し、薬の添付書類さながらに久澄の前に差し出しつつ、男は不機嫌を隠さない。

失礼なやつだな、と名刺を見れば、そこには見合い相手の会社であるカタノメディカルという社名と、社長秘書の肩書きとともに多田敦という名前が記されていた。

どこかで聞いた名前だな、と思いつつぼんやり見ていると、多田はひどく挑発的な眼差しで久澄を睨み、これ見よがしの溜息をついた。

失礼な男だな。とムッとすれば、相手は頼まれもしないのに〝社長令嬢〟に対する愚痴を述べ立てだす。

社長である交野眞悟《しんご》が病床にあり、監視の目がないのをいいことに、夜な夜な男と遊び歩いているだとか、ろくに就職活動もせず父の会社に入り込み、第二秘書を名乗ってはいるが、一日中雑誌をめくってはエステやファッションのチェックばかりだとか。

定時になれば姿を消し、酷い時は突然、半休を取って消えてしまう。きっと男のところだろう。玉の輿に乗りたいのか、会社がらみのパーティにだけは熱心に参加するから。と。

――正直、久澄が一番毛嫌いし、軽蔑するタイプの女だ。

お見合いに際し、父が、相手の娘さんが久澄に会いたがっていると、常になく強く繰り返したこともあり、久澄は誤った判断をする。

折角貰ったが、釣書を見るまでもない。開始五分で断ってやる――と。

煩わしさを堪えながらホテルへ向かい、時間ギリギリになって現れた相手を見て、久澄は頭が真っ白になる。

――碧衣だ。沖縄で出会い、恋をし、そして久澄を置き去りに消えた。あの碧衣だ。

どういう運命の悪戯かと戸惑う久澄を置き去りに、見合いは形式通りに進む。

あとは若い者でとお決まりの台詞を言われ、庭園に追いやられたものの、なにから話せばいいのかわからない。

今更どうして来なかったかと問い詰めるのも大人げなく、自分だけ未練たらたらの三年を過ごしたと見抜かれるのは情けなかったし、多田の言葉により碧衣を大きく誤解していたこともあった。

あの日、碧衣に約束を反故にされ、女性に対する不信感と失望は更につのり、けれど思いはどうしたって消せず過ごしたのに、相手は、見るからに派手で人目を惹く振り袖を着て、物言いたげにこちらを見ている。

まるで碧衣に似合ってない。

以前なら、こんな派手で趣味の悪い装いなんてしなかった。

三年の間に、碧衣は久澄の手を離れたところで、自分以外の男の手で女になり、蝶のように異性の間を渡り歩くようになったかと思うと、それもムカムカした。

東京から沖縄へ戻って二週間、暇あればスマートフォンを見てしまい、あまりの頻度に上司である東條に注意され、未練があるからいけないのだと連絡のすべてを断ってなお、夢に出るまでずっと一途に思い続けていたのに。

八つ当たり甚だしい思いに急かされるまま歩き、ふと気付く。

では、このお見合いが失敗したら碧衣はどうするのか。

大規模製薬会社御曹司を相手にした玉の輿。それがかなわないとなれば、別の御曹司を狙いに定めお見合いし、縁を結び——二度と手に入らない、人妻という存在になるのか。

気付いた途端、愕然とし、理屈もなにもない手口で結婚を強いた。

久澄の父が碧衣の父の会社に援助しており、それを気にして、碧衣が縁談を断れないと思い込んでいるとも知らず。

乗れる玉の輿であれば誰でもいいと言うなら、自分だっていいはずだ。

心が手に入らないなら、身体だけでも手に入れてやると、ほの暗い欲望をつきつければ、相手はどこか辛そうな、悲しそうな顔でうなずいて。

——その後に、碧衣が靴擦れを堪えてまで、久澄に合わせて歩いていたことに気付かされた。

頭を殴られた衝撃とともに、久澄は疑問を抱き始める。

碧衣は、本当に変わってしまったのか？　それとも、誰かが嘘をついているのか。

半信半疑で送り届け、そして目にしたのは——心から望んだ女が、見知らぬ男の悪意に晒され、行き場もなくおびえる姿だった。

あとはもう、言うまでもない。

理性より感情で久澄は行動していた。ともかく碧衣を守りたい。あんな傷ついた顔をさせたくない。――一番傷ついた顔をさせたのは自分なのを棚に上げ、一番安全な場所であろう、自分の家に連れ込んだ。

それからなにがどうなったのか、お見合いをなかったことにされかけた挙げ句、キスする気も、抱く気もなかったくせにとなじられる。

とんでもない話だった。

あの頃の自分が、どれだけ碧衣に触れたかったか、口づけしたかったか。それ以上の関係に進み、確固とした未来を約束したかったか。

――患者の家族と医師。

職業倫理で忌避される立場が、かろうじて久澄の欲望を留まらせていただけで、ずっとずっと碧衣が欲しかった。

最後の夜だって、結婚を願う覚悟でいたし、指輪まで用意していたというのに。

(こともあろうか、自分以外を選んで結婚したほうがいい……だもんな)

口元に手を当てると、乗っていたエレベーターが、目的のフロアに到着したことを告げるチャイムを鳴らす。

新館六階、ハートセンターと記されたプレートを見て、久澄はエレベーターを降りる。ちょうど病室を清掃する時間に掛かったのか、エレベーターホールや、食事などを楽しむコミュニティルームに患者が集まっている。

看護助手や看護師に介助され、徒歩や車椅子でリハビリに出かける者もちらほら見られ、病棟の廊下は雑然としていた。

できるだけ目立たぬよう、うつむきがちに歩きながら、久澄は思う。

なにかがずれている。そして、その始まりはやはり――三年前の出来事だろう。

二人の将来に関する大事な話がしたい、と、プロポーズを匂わせ誘った日に、碧衣が来なかったことを思い出す。

あの時は、久澄の気持ちが重かったのだ。上辺は喜んでいても、迷惑で、恩人だから仕方なく付き合ってくれていたのだ、と、やさぐれていたが、昨日のお見合いと――その後の情事でわかってしまった。

碧衣には、久澄との約束より優先すべきなにかが起こったのではないか。

無我夢中で彼女に触れ、口づけし、反応を愛でつつ、慣れなさと焦りに負けて貫いた時の、鋭い喘ぎと繋がる部分を濡らす血で、碧衣が処女であると――まだ誰も触れてない、清く未開の花であったことを知り、久澄の中で漠然としていた疑問が形となった。

――碧衣は、三年前から変わっていない。まったく、何一つ変わっていない。

自分が求めた時のままの彼女だ。

だとしたら、誰かが嘘を吐《つ》いている。それは誰か。

月曜日の朝が来て、腕の中で眠る碧衣を抱きしめながら、久澄はめまぐるしく頭を働かせていた。

いつまでも彼女を抱いて、永遠にまどろんでいたい気持ちを押し殺し、病院へ向かう準備をする。

途中、少しだけぎこちない歩き方で、破瓜の痛みを押し隠した碧衣が顔を見せ、おはようございますと、恥ずかしげに微笑むので、すぐにスーツを脱ぎ捨ててベッドに戻りたくなったが、それより先にやるべき始末がある。

無理するなと額にキスし、ベッドに戻して寝かせてやり、出がけにコンシェルジュにホテルから朝食を取り寄せ妻に運ぶよう指示して出勤し、一通りのタスクをこなすと、久澄は気配を殺しつつ病棟へと足を運んだ。

(碧衣が、俺との約束以上に優先すべきものがあったとするならば、それは別の男や欲などではない。……家族だ)

確信を抱いて廊下を歩く。

思えば、初めて出会った時もそうだった。

飛行機の中で祖母を心配し、自分も不安ながらも必死に励ます姿に惹かれ、家族を強く思う彼女の在り方に焦がれたのを思い出す。

(そして、今、碧衣に残されている家族は父親のみ)

その答えに行き着いたと同時に、療養中だという彼女の父がどこに入院しているのか調べれば、偶然にも、久澄が勤務する大学病院と関連のあるリハビリセンターに居た。

(であるなら、なにかあって救急搬送されるなら、ここだ)

スクラブの上に羽織った白衣をひらめかせながら、久澄は病院の廊下を進む。

朝食が終わったこの時間が、一番、人が混み合い——そして、看護師の手が不足しがちになるのだ。

入院患者の受け持ちはICUのみとなっている救命救急医でも、それぐらいの事情はわかる。ハートセンター、いわゆる心臓血管外科と循環器内科の患者が入院するフロアのナースステーションは、予想に違わず人気に乏しかった。

さりげなく周囲を見渡し、開きっぱなしになっているナースステーションの扉を軽く拳で二度叩いて、返事も待たずに入り込む。

中に詰めていた看護師は、引き継ぎのミーティングに忙しく、部門外の医師が入っていることに気付きもしない。

しかも今日は、心臓血管外科の手術日なため、医師の姿もほとんどない。

これなら、同期や先輩などの顔見知りに出くわすことはないだろう。

内心で安堵しつつ、久澄はナースステーションの端にあるワークデスクに座る。

三台並ぶノートパソコンの一つに、白衣の胸元を飾るＩＤをかざせば、大学病院の写真が表示されたロック画面がぱっと消え、電子カルテが表示される。

――マズいことをしている。

その自覚が緊張感となって背筋を走り抜けるが、表情には出さずマウスを握る。

この大学病院では、部門外の医師や看護師が、無断で他科の患者のカルテを見ることは禁止されている。

個人情報保護の観点から当然のことではあるが、全部の科に関連する放射線科、病理科、麻酔科――そして、緊急の救命を担う救命救急科の医師は、例外とされている。

――のだが、どこでも見られるという訳ではない。

自己が所属する科のパソコンか、あるいは、対象患者が入院する病棟に接続されているパソコンでのみ、カルテ閲覧が可能になるのだ。

久澄がわざわざハートセンターまで足を運んだ理由は、まさにそれである。

かつて、この病院に入院していた男。

いや碧衣の父である、交野眞悟のカルテを確認したかった。

(カタノシンゴ、男。生年月日は省略。……救急搬送チェック)

過去七年という膨大な数の患者データから、同姓同名のデータが十件ほど表示される。

それらを一つ一つ開いて確認し、半分ほど行った処で目的のものに突き当たった。

――交野眞悟。会社社長。勤務中に胸部激痛で救急搬送。初期ではあるが、スタンフォードA型の大動脈解離であるため、四十八時間以内の手術を要するとの判断。血族は入院中の母と娘が一人。

(間違いない)

緊張で唾を呑む音が、嫌に大きく響いてどきりとする。

だが、今更引き返せない。

バレたら始末書ものの行動だが、今、真実を知らなければ自分を許せなくなる。

目を閉じ、すぐに開いてファイルを操作し――そこに、震える碧衣の署名を見た。

手術同意書と輸血同意書の二通に記された彼女の字に、胸が押しつぶされんばかりの衝撃を受ける。

日時は、久澄が彼女と約束した日の夜だった。

(来られる、はずがない)

溜息をついて、両手で顔を覆う。

スタンフォードA型の大動脈解離は緊急手術が原則だ。

しかも四十八時間以内に手術できない場合、致死率は半数に近い。

父親が死ぬのだ。一刻一秒を争い駆けつけるのは当然だ。

ましてや碧衣は父一人、子一人の家庭。

好きだとも伝えられなかった男との待ち合わせどころではない。

手術が無事に完遂《かんすい》されたとしても場所は心臓だ。

簡単に落ち着ける状況にないのは、ＩＣＵを管理する救急救命医として嫌というほど熟知している。

やっと落ち着き、申し訳なさに押しつぶされるようにして碧衣が久澄に連絡を入れた時――すでに久澄自身が碧衣を切り捨て、着信を拒否していた。そうなのだろう。

「碧衣……」

どうわびればいいのか。どうあがなえばいいのかまるでわからない。

その一方で、舞い上がるほどの高揚感と安堵が心を満たす。

彼女は――恋した時のまま、変わらず、自分の元に来てくれたのだと。

◇◆◇

（一日経ったのに、まだ、なんだか久澄先生がここにいるみたいな感じがする）

夕暮れ時のキッチンで、碧衣はそっと下腹部に手を置いて息を吸う。

心臓がある場所から離れてるのに、どうしてか、そこがとくん、とくんと疼いている気がする。

それどころか、拓《ひら》かれたばかりの蜜筒にまだなにかが——久澄の一部が——収まっているような異物感がある。

それは決して不快ではなく、離れていてもここにいるのだと訴えるように、立ち座りしたり、身を捩ったりした拍子に意識を乱し、二日前に、彼に抱かれたことを碧衣に思い出させる。

お見合いをした後、送り届けられた自宅に変質的な悪戯がされ、守られるようにして久澄の家へ連れて来られて二日。

最初こそ、迷惑になると考え、出て行こうとした碧衣だが、未だにここに滞在している理由は一つ。

——久澄と約束したからだ。

溺れるほどの思いとともに彼に抱かれ、互いに求め合いながら交わり処女を失ったものの、後悔はしていない。

どころか、初めて恋した相手とお互いに初めての経験を交わせるなど、今でも夢ではないかと思う。

けれど、日頃の運動不足と疲れが祟ってか、一晩明けて目覚めた碧衣は、ひどく身体がだるく、間接のあちこちがきしんでいた。

正直、破瓜の痛みよりも、腰や股関節を襲う鈍痛のほうが辛いと思えたほどだ。

(それでも、目が覚めた時に、久澄先生がいたから平気だった)

広く、温かく、力強い鼓動を秘める男の胸に抱かれ、心から安堵した眠りについていた碧衣は、カーテンの間から差し込む朝日と久澄のキスを浴びせられ、目覚めさせられた。

くすぐったさと、恥ずかしさに身を小さくすれば、こんどは顔からうなじ、背中へと久澄の唇は移動する。

碧衣が寝たふりをしているとわかりながら、肩や背中の肌にきつく吸い付き、あちこちに紅い口づけの跡を残し、それが消えるまでには帰ってくるから家にいると約束しろ——などと言い残し、久澄は仕事へ行った。

赤面したまま起きて時計を見れば、まだ七時少し回ったぐらい。

だから自分も仕事に行かなければと、浴室でパジャマ代わりにしていたロングTシャツを脱いで、ぎょっとした。

朝につけられた肩や背中どころか、手首にちかい腕の内側や、完全に襟の高さを超えた位置の首筋にまで、キスマークが残されているのだ。

これでは会社に行けない。

あわてふためき久澄に電話すれば、相手はしてやったりの様子で笑いつつ、今日明日は、ゆっくりと家で寝てろと言われる始末。

詳しく聞けば、今日は日勤だが、そのまま当直として入り、明日の午後から夕方にかけて帰宅するらしい。

だから、それまで碧衣にいてほしいとのこと。

家に出るときにした約束を、もう一度念押ししたのは――きっと、三年前に碧衣が置き去りにしてしまったことが、まだ傷として疼いているからだろう。

わかるから、碧衣だって久澄の約束を無下にできない。

結局、言われるまま馬鹿正直に、久澄の部屋で留守番して日を過ごしてしまった。

一日目は身体がきつく、あまり動けなかったが、二日目はさほどでもなく、寝て過ごすことにも飽きていたので、碧衣はお礼変わりに家事をすることにした。

幸い、必要なだけの道具や洗剤はあったし、服に至っては久澄がコンシェルジュに頼んで、一週間分の下着やらルームウェアやらを手配して届けてくれていた。

外出に使えそうな服がないのは謎だったが、そこまで思いつかなかったのか――あるいは、碧衣をどこにも行かせたくないという、無意識の独占欲なのか。

ともあれ、あるだけの時間を使って掃除し、使い慣れない宅配サービスに緊張しつつ、食材を届けてもらい――今は、それを使って、シチューとサラダの晩ごはんを作っているところだ。

(まるで、新婚みたいだな)

ふふっと笑い——そこではたと気がつく。

お見合いし、流れはどうあれ結婚を前提に話を進めることは、碧衣と久澄はもちろん、付き添っていた叔母や久澄の父も了承している。

となれば世間的には婚約者同士だし、そう遠くないうちに夫婦ということになるのだろうが、なにかが引っかかる。

なんだろう。

煮込まれつつあるホワイトシチューを、おたまでかき混ぜながら考える。

(そういえば、面と向かって好きと言われたことが、ないような……)

表情が好き、仕草が好き、そういう風に細かな部分では好きと伝えてくれるが、いわゆる愛の告白をされた記憶がない。

(いやでも、……わざわざ言われなくても、って気はする)

久澄との夜を思いだし、碧衣はおのずと赤面する。

あれだけひたむきに求められた挙げ句、碧衣のみならず、久澄だって初めてだったのだ。

男と女で考え方が違うかもしれないが、相手の生真面目さを知る限り、勢いだとか、面倒だからとかで適当な相手で卒業——とは考えないだろう。

だとしたら、なにが引っかかるのか。

（あ。……キスしてくれないってなじった時、俺の気も知らないでって言ってたような）

恥ずかしさをこらえて、お見合いの日の出来事を最初から思い出す。

キスしない、抱きたくない相手と結婚しないほうがいいと碧衣が言った時、久澄が反論したのだ。俺の気も知らないで、と。

その後の展開も合わせれば、久澄は三年前から碧衣のことを好きだったと推測できるが、では、なぜ、伝えてくれなかったのか。

（もしかしたら、私に原因があった？）

ならばゆゆしき問題だ。できれば同じ間違いは繰り返したくない。

久澄と別れるなんて、もう二度と考えられない。

だけど碧衣にはまるで思い当たるところがない。そもそも自分の欠点は自分では気付きにくいものだ。その考えに至った途端、頭が焦る。

ひょっとして、久澄がどうしても受け入れがたい事情とやらが、あるのでは？

（え、でも。……三年前にはもう成人してたから、未成年だったとかじゃないし、まあ、最初は高校生だと思われていたけれど）

考えれば考えるほどわからなくなる。そのうち、記憶がごちゃごちゃになっていき、碧衣はシチューが沸騰《ふっとう》し始めてることにも気付かず、過去の出来事に気を奪われる。

グラスボート、原色の花。どこまでも蒼く透き通った海。

病院の消毒薬の匂い。少しだけ暗いコンクリートの通路、ドクターヘリが離着陸する音。

そして、久澄との約束の日に投げつけられ、砕け壊れたスマートフォンと、怒鳴りつける多田の声。

――社長が亡くなったら、貴女、どう責任を取るつもりですか！

激しく、相手を打ちのめす悪意に満ちた声にびくりと肩が跳ねた。

駄目だ、思い出すなと念じ、意識を反らそうとするのに、碧衣を萎縮《いしゅく》させる怒鳴り声が脳裏に響く。

――父親より、男のほうが大事だとでも？　とんだ娘を持ったものですな。社長も！

嫌だ、怖い。

あれから、多田に非難されてから、碧衣は男性が怖くなった。

父が生死の境にいるのに、男を――久澄を優先するのかとなじられたのを引き金に、もし、父が死んだら、会社が立ちゆかなくなったら、それはきっと自分のせいだと無意識のうちに思い込んだ。

だけど。

（おかしい。……どうして、多田さんが、久澄先生と約束していることを知っていたの）

ちかりと脳裏で光が瞬く。

久澄と一緒に食事や映画を楽しんでいることは、誰にも伝えてなかった。

祖母はなんとなしに二人の仲に気付いていたようだが、他の親戚は、病院へお見舞いに行っているか買い物だと思っていただろう。

（なのに、なぜ……）

東京から来たばかりの多田が、男と約束があると、知った口ぶりで碧衣を非難した？

気のせいかと記憶をさぐり、何度も繰り返す。

もう少し。もう少しでなにかが見えそうだ。

きつく目を閉じた瞬間、鈍く、くぐもった音がして鍋のシチューが吹きこぼれる。

あっ、と声を上げ、碧衣は鍋が熱くなっていることを失念し、素手のまま持ち手を掴んでしまう。

「熱ッ……ぅ！」

衝撃と熱が走り、ついで引きつる痛みが指に絡みつく。

たまらず手を引き寄せ、涙目になって一歩さがれば、ものすごい音をたててリビングのドアが開いた。

「碧衣ッ！」

吹き込んだ突風と、自分の名を呼ぶ声の大きさに驚いていると、瞬きをする間に声の主――久澄が駆け寄り、背後から碧衣の手首を掴み、抱き込みつつシンクへと移動させる。

広いキッチンに、勢いよく流れる水の音と、背後から碧衣を抱く、久澄の荒れた呼吸だけが響く。

身体が、熱い。

背中越しに男の逞《たくま》しい胸板を感じる。

呼吸に合わせ、久澄の急いた鼓動がリアルに伝わってくる。

どくん、どくんと大きく鳴る心臓の音が、久澄のものなのか、自分のものなのか分からない。

それほど密着させられ、碧衣は恥ずかしくてたまらない。

「あ、あの……」

喘ぐように声を上げ、手首を握られている右手を水流の中でわななかせ、伝える。

「もう、大丈夫ですから」

火傷でひりつき熱を持っていた皮膚が、今はもう冷たい。

代わりに男の存在を感じ、意識する身体が、内部から身を焦がすように熱かった。

落ち着かない心をごまかすため、流れる水の中で手を握ったり開いたりしていると、久澄は溜息を一つ落とし、碧衣を抱く腕の力を緩める。

それから緊張に強ばっていた顔を和ませ、蛇口のレバーを上げて水を止めた。

「大丈夫な訳ないだろう。まったく。……こんなに焦ったのは、研修医の時に患者の蘇生をさせられた時以来だ」

「ドジっちゃいました。そこに鍋つかみがあるのに、私ったら」

どこかわざとらしい笑いで語尾を飾り、ぎこちなく後ろを振り向けば、火傷した碧衣よりも辛そうな表情をしている久澄が見えてドキリとする。

あわてて顔を前へ向ければ、久澄は碧衣の頭頂部に鼻先を埋めながら、また息をつく。

「本当に、心配したんだ」

火傷でそこまで気を遣わなくてもいいだろうに、やっぱり久澄は優しい。

スーツから取り出したハンカチで、そっと、ひな鳥でも包むようにしながら碧衣の手から水気を拭う彼の手を眺めつつ思う。

医者だから、怪我人を心配するのは性分のようなものだろう。

それでも、こうして大切にされるとやっぱり嬉しい。

心地いい温もりと、彼のスーツから漂う医療用アルコールとコロンが混じり合った香りに包まれながら、碧衣はそっと目を閉じる。

「あの、おかえりなさい。……遅かったから、少し心配していました」

当直なので、朝一に交代し、遅くても昼には帰ると聞いていたのでそう言うと、腰に回されていた久澄の手に、少しだけ力がこもる。

「うん。ごめん。……お父さんに会っていたから」

「久澄先生のお父さんにですか？」

お見合い、即婚約だけでなく、いきなり同棲しているのだ。

(なにか言われたのかな……)

迷惑をかけたのかとうつむけば、碧衣の髪の鼻先を埋めていた久澄が頭を振る。

「いや、君のお父さんにだ」

「え……？　私の父に？　まさか容態でも」

慌てて振り返った瞬間、後悔と哀切に満ちた久澄の眼差しに突き当たる。

「久澄、せんせ……」

「全部、分かったよ。……どうして、君があの日、俺の元に来られなかったのか」

懺悔する罪人のように、苦しさと悲しみを隠しもせず久澄が口にする。

「ごめん。全部、ごめん……」

告げながら、断罪から逃れる気はないと示すように、久澄はただひたむきに碧衣だけを見つめていた。

「君は、伝えようとしてくれたのに、君は歩み寄ろうとしてくれたのに。本当に、俺が……あんな奴の言葉を信じたばっかりに」

(あんな奴？)

奥歯を嚙み締める音が重なり、聞きづらかったが、誰のことなのか。

突然の告白に呆然としていると、久澄が身を震わせ、碧衣の肩口に顔を埋めた。

「……父親が緊急手術だというのに、俺の元に来られるはずはないよな。しかも、大動脈解離なんて」

　思わず息を詰める。

　久澄が真実に辿り着いたことに。

「なのに、俺は、君が来ない事に失望して、……未練ばかり引きずる自分が嫌で、勝手にこっちから連絡の手段を断ってしまって」

　碧衣が、どれほど孤独で不安だったか、怖かったのか。

　まるで見てきたように理解しながら、久澄が悔いる。

「仕方なかったと思います。それに、こうして……また会えたから。私は」

　大丈夫と言いかけたのを呑み込むと、久澄が碧衣の顔を見て苦笑する。

「全然大丈夫じゃなかったよ、碧衣も、俺も。……正直、お見合いであれだけ酷いことを言った上に、あんな抱き方をして、君が嫌になって出て行っていたらどうしようかと、勤務している二日間、ずっとヒヤヒヤしていた」

　心底そう思っているのだろう。いつもの久澄より声に力がない。

「出て行ったりしません。だって……約束したから。今度は約束を守りたかったから」

　久澄が帰ってくるまで家にいる。

　その約束だけでなく、側にいるという意味も含め微笑みかける。

「碧衣……」

震える声で名を呟き、久澄は碧衣の身体の向きを変えさせ、きちんと正面から向き合ってから、深々と頭を下げた。

「傷つけて、ごめん。辛い思いをさせて、ごめん。三年前も、お見合いの時も、言いたいこと一つ言わせられなかった」

誠実で律儀な彼らしいやり方で謝罪され、碧衣は逆にうろたえてしまう。

「久澄先生だけが悪いわけじゃ……」

「いや。俺が悪いよ。……患者の家族ということばかり気にして、好きとも君に言わず不安にさせた。それも含めて、謝りたい」

あ、と思う。

久澄がキス以上に進まなかったのは、碧衣が子どもだとか、同情で相手にしていたからではなく。

――患者の家族だったから。

それだけで、久澄があの夏に、どれほど真剣に碧衣との関係を捉えていたのか。そして、自分の欲望を抑え、大切に育てていこうとしてたのか、わかってしまう。

胸の底から込み上げる感情に碧衣が唇を震わせていると、久澄は姿勢を正し真っ直ぐに碧衣だけを見つめ続けた。

「今更、だとなじられても仕方ないと思うけれど」

そこで言葉を句切り、久澄はこれ以上ないほど甘い微笑みを浮かべ、碧衣の耳元でそっと囁いた。

「君を愛している。あの夏からずっと。変わらずに」

三年越しの告白だった。

あの夜、久澄が言いたかったことと、伝えたかった思いのすべてを理解する。

「久澄せん、せ……い」

ちゃんと名を呼んで返事をしたいのに、嗚咽で上手く言葉がでない。

まるで大きな嵐が通り過ぎた後みたいだ。

木々は倒れ、枝葉は地面を覆い、海からの飛沫《しぶき》であちこちが塩を吹いて白く痛んでいるのに、やることや、片付けるべきことは山ほどあるというのに、雲一つない青空があるだけで、まだやれるのだと気力がみなぎる。

それと同じように、碧衣の胸の中で三年間わだかまっていた劣等感や、失望、恋を失った悲嘆などが、久澄の告白という強い風により吹き飛ばされ、曇りない純粋な気持ちだけが胸に残っている。

喘ぐように息を吸い、この気持ちをどう伝えればいいのか考えようとして、やめた。

上手く伝えようとか、よく見せようとか、そんなことは考えず、碧衣は久澄がしたように、真っ直ぐに相手をみつめて、唇を開く。

「わ、私……」

心が震える。いや、心だけじゃなく、膝も、指先までもが震えている。

それでも勇気を振り絞り、あの時の気持ちを、いや、あの時と変わらない気持ちを言葉にしていく。

「約束を、守りたかった。……先生に会いたかった。別れることになるかもって怖かったけど、それでも、久澄先生の口から、ちゃんと、聞こうと……。誤解がないように、きちんと、全部、聞いて………伝えたかった」

いったい、なにを言っているのか。

碧衣本人にも分からず混乱気味なのに、久澄には分かるらしい。

嗚咽まじりの吐露に、いちいち頷き、碧衣を腕に抱いたまま背や頭を撫でることで、慰め、励ましてくれる。

碧衣は、空に手を伸ばすように、久澄へ手を伸ばし、それから力一杯抱きしめながら、自分の中で最も純粋で大切な言葉を伝える。

「久澄先生が好き。……大好き。あの夏から変わらず、ずっと。三年間、一度も変わらず」

——あなたに、恋しつづけていた。

口にしたのは、碧衣か、久澄か、それとも二人同時にか。

一番聞きたかったその囁きが耳に届いた瞬間、碧衣は、三年前の後悔も傷も、すべて昇華されたのだと、晴れやかな気持ちで、強く思った。

第六章

長い間、離れ、お互いに忘れようとしていたのが嘘みたいに、久澄と碧衣はごく自然に一緒に暮らし始めた。

お見合い当日に結婚すると宣言し、その日のうちに同棲することになったので、双方の親から苦言を呈されるだろうと碧衣はびくびくしていた。

が、すべては杞憂に終わった。

久澄の父は、息子が結婚を決めてくれただけで御の字だと豪快に笑い飛ばすし、碧衣の父は、事前に久澄から、変質者が度々、碧衣の家に悪さをしていること、それを警察に相談していること、よりセキュリティ面で安心である自分の家に住ませたいことを聞いていた。

しかも碧衣が説明する前から、三年前に祖母を助けてくれたドクターだと気付いており、最初からとても久澄に好意的だった。

――碧衣がいいなら、それが一番だよ。

と、いつもの口癖を述べつつ、父は、まだ操作が難しいだろうに、車椅子で施設の玄関まで見送ってくれた。

バックミラーの中で、小さくなっていく父を見て涙をにじませていると、久澄から、警察を見回らせると同時に、住人が不在である時間を利用して、碧衣の実家を車椅子用のバリアフリーに変更しつつあると言われ驚いた。

（しかも、リハビリ科と心臓血管外科のドクターまで巻き込んで、最新の技術や設備まで入れちゃうし……）

職人を手配してくれるだけでもありがたいのに、プロ中のプロが設計に関わると聞いて、ひどく恐縮した。

が、相手はけろりとして、〝同期なんて、使えるだけ使わなきゃ損だろ〟と言い切り、もう家族だからと、碧衣に一切悟らせずにリフォーム代の支払いまで済ませてしまう徹底ぶり。

一応、図面を確認させてもらったが、碧衣に子どもができて里帰りしても大丈夫なような部屋割りと、生活動線が張られているあたり抜かりがない。

――まあ、俺はこういう職業だし。

などと口にし、当直が続いても碧衣が困ったり、寂しがったりしないよう、今からすでに手を打ってるのは凄い。

ただし、夫婦が寝泊まりするだろう客間の壁だけが妙に厚く、防音性が高いものに変更されていた事実は、あえて見なかったことにした。

ともあれ、同棲どころか、お互いの結婚まで順調に進んでいる。

のだが、一点だけ、気になることがあった。

結婚式そのものは、会社の人を呼んだりする都合があるので、先にじっくりと二人で決めていくつもりだが、入籍だけは先に済ませておきたいと久澄が言い出したのだ。

別に否はないが、出会って昨日今日で婚姻届はどうだろうと迷った。

では、久澄と別れるかと聞かれれば、それは絶対にありえない。

なにより、父も安心する。

それに、なにかあった時に、妻として碧衣を守りたいと言われれば、それもそうかと納得した。

仕事柄、人の死に際するからだろう。

久澄曰く、どんなに愛していても、長く共に暮らしていても、結婚した事実がなければ、相手が事故や急病で病院に運ばれても、まず連絡がいかないそうだ。

それどころか、万が一、パートナーが死亡した場合、親族が疎ましがり、病室や葬儀から追い出すケースもあるという。

大げさに聞こえたけれど、久澄は救命救急医であると同時にフライトドクターだ。

ヘリに乗る以上、たとえわずかな確率でも、墜落する可能性はある。

思う以上に、医者の妻とは重いものだ。

——と、覚悟を決めていると、突然久澄が吹き出して、今までに、ドクターヘリが墜落したことはゼロだ告白した。

本音は、碧衣と二度と離れない約束が欲しいだけなのだと。

——三年前の離別が、碧衣にとって辛い傷だったように、久澄にとっても辛い傷だったのだろう。

ゆえに離れ難いのだと、彼の日常的な態度はもちろん、セックスからも伝わった。

愛している。離さない。離れないと告げ、碧衣がそこにいることを自分の身体に教え込むように、隅々まで触れ、感じさせ、奥処《おく》の奥処まで繋がりたがる。

普段がサバサバとして構わない気質な分、抱くと決めた時の執拗さと執着は激しく、深く、いつだって、気を飛ばすまで碧衣を啼かせ、感じさせ、絶頂を繰り返し与えられる。

そしてトロトロになり、指さえ動かすのも気怠いほどの官能に弛緩する碧衣を、大切なもののように腕に抱いて眠るのが、久澄にとって一番幸せなひとときであるようだった。

けれど、それだけ結婚への道筋をつけて外堀を埋めているのに、会社には言うなと口止めされているのだけは、なんとなく変だなと思う。

一応、互いの親が時機を見て、正式に発表することになるからと説明されたが、それにしても、急は困るだろう。

久澄はともかく、碧衣は籍を移るのだから、人事にも総務にも早めに伝えておいたほうが混乱はない。

すでに入籍しているのだし、先延ばしにしていいことではないはずだ。

秘書ではあるが、多少、事務にも携わる碧衣はそう思う。

が、この点だけは、碧衣の父まで久澄の意見に賛成で、可能な限り婚姻の事実は知られないほうがいいと諭《さと》してきた。

(なのに、これはどういうことだろう……)

社長室へ向かいながら、碧衣は考える。

時間は午後六時。とはいえ日曜日なため社員の姿は見ない。

多分、どこかの部署で誰かは仕事しているはずだが、今日にかぎって妙に静かだ。

(クリスマス・イブだからかも。だけど)

もともと忙しい救急医である上、碧衣との結婚にあたって長期休暇を取りたいとかで、診療以外の仕事――いわゆる、大学病院での研究と論文執筆――を、前倒しで進めているため、久澄はなかなか多忙な生活を送っている。

その上、年末年始は酒を飲む機会が増える分、事故や急性アルコール中毒などで、救命救急センターは忙しく、ゆっくり過ごせないと聞いてしょんぼりした。

だからという訳ではないだろうが、クリスマスとクリスマスイブは、恋人らしいデートをしようと約束し、そのプランを毎晩二人で練っていたのだが。

（急患じゃあ、仕方ないよね）

先日の大雨で緩んでいた崖が崩れたとかで、東京郊外にあるトンネルで車とバスが土砂に埋まった。

そのニュースが入ったのは、昨晩の夕食時で、久澄が妙に真剣な顔をして画面を見ていたのを覚えている。

嫌な予感というのは当たるもので、土砂によりトンネルの一部が崩落《ほうらく》し、内部でバスが横転し、乗客に多数怪我人がでているという。

消防から、複数の大学病院へドクターヘリの要請がかかり、フライト当番であった久澄は、否応なく出動することになったのだ。

人命の前にデートはお預け。そんなのは当然のことだ。

だから、大丈夫。待っていると笑って見送ったのだが――。

「よりによって、私も仕事で呼び出されるなんて……」

溜息をついて、階段を上がる。

なんでも、年内に複数の社長決裁が必要な書類が出てきたので、碧衣に中継してもらいたいと、第一秘書の多田が言うのだ。

書類を持っていくだけであるなら、わざわざ碧衣に頼まずともと思うが、彼にも彼の予定がある。

どうせ、年末年始は白金台の実家へ行くのだろう。そのついでに渡せ。——と言われれば、はいと答えるしかない。

多田の言う通り、年末年始に仕事となる碧衣が寂しくないようにと、久澄が、碧衣と一時退院する父を久澄の実家に招待したのだ。

嫁となる自分はともかく、父は気詰まりなのでは？　と躊躇したが、どうやら、仕事以外でも久澄の父と碧衣の父は親しいらしい。

しかも、同じ大学の薬学部卒だったとか。

久しぶりに賑やかなお正月になりそうだと、嬉しげに久澄の父に言われれば、嫁として断るわけにはいかなくて——。

（まあ、ひとりぼっちで寂しいお正月っていうより、ましだけど）

こんな親戚付き合いにも、一つ一つ慣れていかなければならないのだろうな、などと考えながら階段を上がり、社長室のドアにあるバーハンドルへ手をかけ気付く。

多田は、どうして碧衣が白金台——久澄の実家で過ごすことを知っているのだろう。

（お父さんが教えたの？）

いや、そんなはずはない。

どちらかといえば、久澄より父のほうが、この結婚は社内では伏せたほうがいいと、強く言っていたぐらいだ。

だとしたら書類かなにかでバレたのか。

(それも、ない。……だって、私、健康保険とか扶養の範囲内にないし、銀行口座だって、まだ名義を変更してもいない)

医師である久澄と異なり、結婚により名義や住所の変更が必要な資格免許もない。

(だとしたら、なぜ)

立ち止まった碧衣の頭に、三年前の記憶がよみがえる。

いや、正確には、三年前の記憶で引っかかったある点だ。

——どうして多田は、久澄と碧衣の関係を、三年前も、今も知っているのか。

おかしい、と思って踵《きびす》を返す。

なんだかよくわからないが、多田に会ってはいけない気がした。

息をつめ、そろそろと社長室のバーハンドルから手を離した瞬間、内側から扉が開き、乱暴な手が碧衣を中へと引き込んだ。

「っきゃ!」

力尽くで引き込まれた碧衣は、勢いのまま床の上に転倒する。

打った膝に手を当てつつ視線を前へ向ければ、くたびれた男の革靴が目に入る。

「……多田、さん」

顔を上げると、真っ暗な社長室の中でも、それとわかる銀縁眼鏡を押し上げながら、多田が忌々しげに舌打ちをした。

「まったく。社長も困ったことをしてくれたものです。素直に、私に碧衣さんをくだされぱよかったのに。……その上、あの男が、横槍を入れて余計なことばかりする」

凍えるほど冷たい声で告げられ、碧衣はさあっと頭から血が引いていくのを感じる。

「どういう、こと……」

「久澄のことですよ。久澄海里。……三年前、貴女と連絡が取れないよう邪魔してやって」

よほど腹に据えかねているのか、待っていたとばかりに多田が愚痴る。

「もう終わったと思っていたのに、今更、現れた挙げ句、コデイン密輸について暴きやがって。アレが、私の、唯一の金の卵だというのに！」

目を血走らせ多田が怒鳴る。

怖いと思うのと同時に、碧衣は多田がこれほどまでに荒れている理由に気付く。

(コデインを密輸していたの？　うちの会社で？)

コデインとは、通常、ジヒドロコデインの意味で使われる化学物質だ。

風邪薬や下痢止め、鎮痛剤などに含まれる成分で、さほど珍しいものではない。

けれど、本来のコデイン——ジヒドロコデインとして精製される前の——麻薬であるアヘンから抽出《ちゅうしゅつ》された、単体の化学薬品であるコデインは違う。

人体の中で分解、代謝されることにより、その一割が麻薬と同様の作用を起こす。

知識がある者が、正確に精製すれば、——純度の高いドラッグとなる。

そう。覚醒剤に匹敵するほどのドラッグに。

当然、医師の元、指定された用量を守れば問題ない上、個人での大量購入や輸入は多くの国で禁止されている。

が、抜け道はある。

法の整備が遅れている発展途上国から購入し、風邪薬や鎮痛剤に見せかけ別の国へ輸出し、それをさらに日本に持ってくる。

そんな複雑な手順を取り、多くの目をごまかし輸入し、精製されたものが、暴力団の資金源となり問題となったケースもある。

実際、碧衣の父が主導する薬物事業部が扱う鎮痛剤に、コデインが含まれたものがあり、輸入元となる国の近隣に、法もなにもない紛争地帯が存在する。

難民にまぎれた売人が、コデインを持ち込む可能性は否定できない。

そして多田は、父が療養について以来、薬物事業に関する契約書を管理、精査する役割を担っていた。

（病院なら、正当な手順で購入するはず。だとしたら、まともな組織が、コデインを大量に必要とするはずもない）

恐らく、多田は、なんらかの理由で金が必要となり、コデインを密輸し――暴力団に横流ししているのだろう。

場合によっては、コデインからドラッグを精製する薬剤師まで、犯罪組織に派遣している可能性もある。

――だから、アスライフ製薬との、事業統合がなかなかはかどらなかったのだ。

外部から人間が入ってくれれば、その分、悪事がバレる確率が高くなる。

そこで多田は、碧衣に狙いを定めたのだろう。

碧衣と結婚すれば、娘婿として次の社長の座とみなされる。

もし、書類に疑問があっても、次の社長に睨まれるのでは、社員も口にだしにくい。

しかも場合によっては取締役として、事業統合自体も白紙に戻せる。

けれど、今や碧衣は久澄の妻だ。

婚姻届だけであっても、すでに結婚している以上、他人の付け入る隙はない。

（お父さんと、久澄先生は、これを知ってたんだ！）

だから、婚姻届を出すことにこだわり、会社には隠すよう言い含めた。

ただ、愛する娘を、妻を、守るために。

「もっとずっと上手く行くはずだったんだ。貴女のお見合いを潰して、私が慰め、それを理由に結婚できれば、社長になって、もっともっと……………なのに、三年前に貴女が恋した男と、お見合い相手が同じ男だなんて酷い偶然が起こったせいで！」

完全に血走った目で多田がのそりと近づいてくる。

碧衣は尻で後ずさり、壁に背をあてて立ち上がる。

けれど、それを待っていたように、多田が首をめがけて腕を伸ばす。

──絞め殺される。

理解した瞬間目を閉じる。

まぶたの裏に久澄の笑顔が見え、碧衣ははっと息を呑んで、とっさにドアに手をかけ、押した。

ラッチが半端にかかっていたのか、扉はなんの抵抗もなくすぐ開いた。

身を翻《ひるがえ》して、碧衣は外に出る。

ポケットに入れていたスマートフォンを、通路側のバーハンドルに挟み込んだ。

スマートフォンは、まるで碧衣の希望を応援するように、がっちりと扉とラッチの間に挟まる。

（逃げなきゃ）

自社ビルとはいえ、規模は小さい。

一つしかないエレベーターは、碧衣が乗ってきた時のまま待機しており、すぐに扉が開いた。

けれど碧衣は手だけをエレベーターの中に入れ、下へ行くボタンと階数ボタンをすべて押し、そこを立ち去る。

（こうすれば、エレベーターで逃げたと思うはず！）

社長室のドアは内開きだ。

バーハンドルになにかを挟めば、扉と壁の壁に引っかかって中の人間は閉じ込められる。

掌ほどしか長さがないので、乱暴にがたつかせればずれ落ちる。

だが反面、バーにスマートフォンが引っかかっている限り、どうやっても扉は開かない。

幸い、碧衣の使っているスマートフォンは、アルミ合金のボディに加え、保護ケースはグラスファイバー。

男の力で蹴破りでもしない限り、破壊することはできない。

（スマートフォンが壊れた時、耐衝撃用のやつにして、よかった）

通路を走り抜けながら思う。

沖縄の夏、久澄に連絡をしようと握っていたスマートフォンを、多田にはたき落とされ、壊された。

それがあって、今度、同じことがあっても、絶対に壊れないようにと選んだのだ。

運がいいのか、あるいは多田の因果応報か。

あれがなければ——もう追いつかれ、殺されていたかもしれない。

恐怖を覚えるが、震えている暇はない。

碧衣は非常階段へ足を踏み入れ、一気に下へと駆け下りる。

(途中のフロアで隠れれば、そう簡単に見つからない!)

子どもの頃から来ている会社だ。

かくれんぼなら、どこになにがあるか知悉している碧衣が有利なはず。

(隠れられる場所を探して、そこから外線で久澄先生と警察に連絡すれば!)

そう思い、最上階から二階ほど下にある書庫フロアへ階段を下りていた時だった。

「ふざけんな、クソアマぁあああ!」

雷鳴のような怒鳴り声が非常階段の踊り場に響く。

——嘘だ。早い!

予想ではもっと差をつけられると思って居たのに、もう追いかけてこられるなんて。

「許さんぞ! 嫌というほど犯して、泣きわめく動画をあいつに送ってから殺してやるからなあ! 待ってろよぉおお!」

秘書としての礼儀正しい物言いも、態度も仮名繰り捨てた多田が吠えながら追ってくる。

コンクリート打ちっぱなしの空間に、男の声が反響する。

まるで化け物の声のようだ。

碧衣は恐怖に痛む心臓を抑えつつ、二段飛ばしにしつつ階段を下りる。

もう途中に隠れるなんて無理だ。外にでて助けを呼ばなければ。

（振り向いてはいけない。振り向かず前に走り抜けるのよ！）

自分に言い聞かせるが、日頃ろくに運動していない上、非常階段の先は見えず、このまま無限に続くように思われた。

荒々しい足音がついそこまで迫り、しゃにむに伸ばした男の手が、流れる碧衣の毛先に触れた。

「ひっ……！」

恐ろしさについ振り返った刹那。

足が段を捕らえ損ね、がくんと視線が大きくブレた。

――落ちる。

背後から、突き飛ばされるようにして身体が空中に投げ出される。

（海里さん、ごめんなさい）

踊り場を数段下りた程度の位置から落下すれば、ただではすまない。

死をも予測し碧衣が目を閉じた時だった。

「碧衣ッ！」

一番聞きたかった声が当たりに響き、同時に、荒れた足音が身近に迫る。

どんっ、と背中がなにかにぶつかった。けれど衝撃はあっても痛みはない。

きつく目を閉じ痛みを予測し強ばらせていた身体が、力強く逞しい身体によって抱き留められる。

「……ぁ」

小さく声を漏らした途端、両脇から長い腕が伸びてきて碧衣をしっかりと抱きしめた。

医療用アルコールのつんとした刺激臭についで、樹木やハーブが混じったコロンの香りが、ふわりと碧衣を包み込む。

それでもう、振り返らずとも、誰が自分を守ってくれたのか碧衣にはわかってしまう。

「海里さん！　海里さんっ！　海里さんっ！」

壊れたオルゴールのように名を繰り返し、自分を抱く男に抱きすがる。

すると相手は、なだめるように碧衣の額に唇を触れさせ、それからついと片腕を上に差し向けた。

「おっ、お前……！　どうして」

うろたえた男の声をいぶかしみ碧衣が振り返ると、まず白衣に包まれた久澄の腕が、次に外科用メスが握られた力強い拳が目に入る。

「……思ったより出動が早く終わったんだ。そうしたらスマホに、会社へ行くと碧衣のメ

ッセージがあって」

気が気でなかったのだろう。肩を激しく上下させながら久澄が碧衣に言い聞かす。

それが多田にも聞こえたのか、彼は引きつった声で叫び、嘘だ嘘だと繰り返す。

「来られるはずがない！　クリスマスイブで、どこもかしこも渋滞しているのに！」

多田の言うことは正しい。今宵ほど、街が渋滞する日は多くない。けれど。

「……残念だったな。俺は、空も飛べるドクターなんだ」

勝利を確信したのか、ニヤッと久澄が笑うと、階下から、居たぞ！　確保しろ！　と、凛々しく叫ぶ警察の声と、圧倒的多数の足音が近づいてきた――。

第七章

（うわ……本当に、ドクターヘリだ）

会社から二件離れた病院の屋上で、碧衣は目と口を大きく開いて、目の前で待機する白いヘリコプターを見る。

プロペラが回る音がすごいが、そんなことも気にならない。

驚き、呆然としていると、隣にいた久澄が優しく肩を抱いた。

「もう、〝大丈夫〟だからな」

碧衣の口癖を真似たのは、冗談で気を和ませ、落ち着かせたいという彼の心遣いだろう。

あの後、多田は警察に取り押さえられ、逮捕された。

事情聴取は続いているものの、内容は久澄と、心配して電話してきた父の説明、なにより自暴自棄となった多田の自白でわかっている。

多田は、コデイン――いや、密かに個人で生成した覚醒剤を、暴力団に横流ししていたのだ。

詳しい動機はこれから解明されるだろうが、多田にはギャンブル癖があり、野球賭博から闇カジノと、違法のものに手をだしていたそうだ。

そのうち借金を重ね、返せなくなり、そこで医療関係の会社にいることに目を付けられ、違法な薬物の売買に手を出したらしい。

父は、会社が不明な支出で傾いていく理由を調べる中、輸入した製品の実数と空箱、なにより代金が合わないことに気付き、多田を疑っていた。

そして久澄は、見合いの話を持ってきた際に、多田が碧衣のことで嘘をついたこと、最近、コデインを主とする急性薬物中毒の患者が増えていたことなどから、疑いを抱いて調べていたそうだ。

「男遊びが激しくて、仕事もまともにしない。そう言っていたのに、蓋を開ければ……まあ、初めてだったもんな」

自分の事を棚に上げて、さらりと言うあたりずるいと思う。

三年前のことについても、碧衣が会社に遊びに来た際か、実家に書類を届けた際、スマートフォンに盗聴アプリを仕込み、それで久澄の存在に気付いたのだろうという。

言われてみれば、多田が碧衣を嫌らしい目で見始めた時期、なにより、下着などが盗まれだした時期はすべて重なる。

そして――。

「碧衣は、下着を二階に干していたのにって言っただろう？　だけど、あの家では、外から二階に入ることはできない。だとすれば、犯人は身内だ」

指摘されて、目を丸くしていると、久澄はさらに驚くことを説明した。

「秘書の多田なら、君の家の周りにいても怪しまれない。しかも、隙を見て、君のお父さんの鍵から、合鍵を作ることもできただろうし」

お見合いの日に、玄関を穢されていたことだって、相手が送ってくると見越した多田が、破談になるよう仕掛けた罠なのだろう。

誰だって、お見合いで一度会っただけの相手が原因で、面倒ごとには巻き込まれたくないから。

(だけど、相手が久澄先生だったから、助かった)

ちらりと、隣に立つ男を見る。

久澄は、白衣の裾をはためかせ、誇らしげな顔でドクターヘリを眺めていた。

サーチライトに照らされた彼は、他のだれよりも格好よく、そして頼もしかった。

――三年前、飛行機の中で祖母を助けてくれた。

それだけでなく、多くの患者の命や、碧衣の人生、そして父の会社まで救ってくれた。

(本当に、ヒーローだ)

こんな素敵な人と結婚できたことが、心底嬉しい。

うっとりしつつ、安堵と甘えから頭を久澄の胸に軽くもたれかけさせる。するとすぐ彼は気付いて、〝ん？〟と笑い、碧衣をつつく。

「その服、似合う。……すごく可愛いよ」

「……そういうの、自画自賛っていいません？」

苦笑しつつ、碧衣はさらに久澄に甘え身を寄せる。

日曜日でも出勤だからと、色気もなにもないスーツを着て会社に出た碧衣だが、多田との追いかけっこの時、無理しすぎたのか、ちょっとはしたないほどに――太股の部分の縫い目が裂けていた。

それに気付いた久澄が、自分の白衣を碧衣に着せかけ、事情聴取やら、すりむいた膝の手当てが行われている間に、白のカシミヤニットに、華やかな赤のフレアスカートという、まるでサンタのような色遣いの着替えを、調達してきてくれたのだ。

――そんな色っぽい格好、他の奴に見せられるか。

久澄は、碧衣の破れたタイトスカートを見て膨れていたが、買ってきた服を着たら着たで、可愛すぎて誰にも見せたくないと言いだす。

ほんとうにしょうがないほど愛されてると思う。

淡いグレーベージュのコートを縁取るファーに、顎を埋めながらクスクスと声をこぼす。

久澄の溺愛ぶりは、ヘリを着陸させた隣のビル――大学病院の関連病院でも噂らしい。

着替えた碧衣を見た看護師の一人が、折角のクリスマスデートで、髪がそれではもったいないと、可憐なハーフアップにまとめながら、そんな話を教えてくれた。

管制官から許可が出たのか、誘導をしていた黄色いつなぎを来たフライトスタッフが、右手の親指をたてて合図する。

「行こうか」

「……大丈夫なんですか？」

渋滞が酷いので、このままドクターヘリで移動すると言われたが、医療従事者でもないのに、乗っていいのかと目で問うと、彼は素知らぬ顔をしてうそぶいた。

「碧衣が、大丈夫って聞くってことは、まあ、〝大丈夫〟なんだろう」

そしてヘリまで碧衣を誘導し、あれだ、これだと指示して、シートベルトや無線機を装着させる。

そのあげく、幼子のように、久澄の膝の上に座らせられていた。

「ラブラブですねー。久澄センセー！」

フライトスーツを着た若い医師がニヤニヤとからかう。

「狭いんだから仕方ないだろ。ていうか俺の妻に近い。もっと足を引っ込めろよ！」

轟音の中、男二人が怒鳴り合うが険悪な空気はない。

どころかパイロットまで含み笑いをしている。

（はっ、恥ずかしい……！）

身を小さくするほど、それが可愛いと言いたげに、久澄は碧衣へ身を擦り寄せる。

やがて病院屋上にあったヘリポートから、機体が浮き上がる。

重力が消えたような感覚に身をびくつかせると、大丈夫だと囁きながら、久澄が頰に軽く唇を触れさせた。

（だ、誰が見てるかわからないのに！）

あわてて周囲を見るが、夜間飛行中のヘリ内部は暗く、計器の明かりぐらいしかない。

その上、気を利かせてくれているのか、先ほどまで久澄と軽口を叩いていた研修医は、もうパイロットと話し込んでいた。

「うう……」

「気にするな」

「わっ、私は気にします！　だって、海里さんの、同僚の方にこんな、こんな……」

バカップルぶりを見られたからには、翌朝には噂になっていること間違いない。

不夜城だからか、病院は噂が広がる速度が速いのだ。

「奥さんにデレデレなんて噂になったら、海里さんも恥ずかしいでしょう」

「全然。……本当のことだし。それに、色ボケでミスったなんて文句を言わせないぐらい、仕事はちゃんと頑張ってる。じゃないと碧衣に愛想を尽かされそうだし」

別れる未来なんてこれっぽっちも考えていないくせに、久澄は真剣な顔を装い告げる。

「……そんなことで、愛想を尽かしたりしません」

でなければ、三年もの間初恋を引きずったあげく、急な結婚を受け入れはしなかった。

ヘリの騒音に紛れさせてぼやいたのに、しっかりと久澄には聞こえていたのか、「わかってる。けど、常に努力は惜しまない」と微笑んでくる。

(ず、ずるい。その笑顔)

もとより凛々しい顔立ちの上、救命救急医という最前線で戦う医師の久澄だ。

普段はキリッとして隙がないほど格好いい。

だけど、そんな彼が、碧衣だけに少年のように無邪気にはにかんだり、笑ったりする姿は、特別に素敵で愛おしい。

真っ赤になって黙り込んでいると、ほら、と久澄が窓の外を見るよう促した。

「うわあ……」

赤、青、黄色――そんな色の光の天がびっしりと地上に敷き詰められている。

まるでプラチナの鎖みたいに国道に沿って白光が連《つら》なる。

その横に、イルミネーションの暖色の明かりが点々と灯るのは、真珠や宝石のついたジュエリーのようで華やかだ。

闇の中に、赤く目立つのは東京タワー。

そしてヘリが旋回すると、レインボーブリッジの綺麗な輪郭が見える。

「すごい。……こんな景色が、あるんだ」

月並みだが、あの光の一つ一つに誰かの人生があって、クリスマスの夜を過ごす家族がいてと考えると、とてつもない人数だなと思う。

そして、その人々の命を守るため、空を駆けている男が夫なのだ。

そう思うと、面はゆいやら、嬉しいやらで、碧衣はたまらなく幸せになる。

「すごいだろ。……でも、沖縄もすごいぞ。見渡す限り、海と空で」

「境目のない場所に楽園があって、人が生まれてくる?」

ニライカナイだったか。南国の伝承をふと思い出す。

そういえば、初めて久澄とデートした時も、そんな話をした。

久澄も同じことを考えていたのだろう。ふと目を細めて碧衣をのぞき込み、囁く。

「そうだった。初めて碧衣とデートした時、舟が揺れて」

行った瞬間、その時を再現するようにヘリが揺れた。

「きゃっ」

小さく声を上げたのも束の間、偶然かわざとか、久澄の唇が碧衣のそれに重なる。

ぶわわっと顔に血が上る。

過去の自分と今の自分が一瞬にして重なって、初めてキスした時の嬉しさや、思い出の

残像が記憶から放たれ。

目を開けても決して消えない、現実となって戻ってきた。

クリスマスの夜景を夜空から眺めた恋人同士はいても、ドクターヘリで遊覧したカップルは前代未聞だろう。

（ばれたら、絶対に怒られる。……というか、始末書だと思う）

けれど着陸して気付いた。そんな心配はない。

ヘリのパイロットはもちろん、同乗していた看護師や救急隊員が、着陸と同時にニヤニヤしながら、肘で久澄をつついていたからだ。

――久澄先生には、本当にお世話になっていますからね。連続でも嫌な顔もせずに来て、患者はもちろん、我々コメディカルのスタッフにも真摯に対応してくれる。

温かい缶コーヒーを配って回る久澄をみながら、こっそりパイロットが伝えてくれたのを、誇らしさとともに思いだす。

外見だけでなく、人としても素晴らしい男性が自分の夫なのだと叫びたい。

もちろん碧衣にだって理性はあるのでそんなことはしない。

しないけれど、スイートルームの窓から夜景を見ていると、やっぱりニヤニヤしてしまうのだ。

(ひとりぼっちで過ごすと思っていたクリスマスが、こんな素敵な夜になるなんて、思ってもみなかったな)

一生忘れない。と小さく笑みをこぼしていると、いきなり背後から抱きつかれ驚く。

「ッ、きゃ……！」

「俺が部屋に戻ってきたのに気付かないほど、夜景が好きだとは知らなかった」

汗とヘリのオイルで臭いからとの理由で、スイートルームに入るなりシャワーを浴びていた久澄が、子どものように笑いながら背後から抱きつく。

よほど急いで来たのか、バスローブから出ている手首の辺りや、横顔に触れる男の胸元がしっとりと湿って熱い。

胸を跳ねさせつつ振り向いた碧衣は、しまったと頬を染める。

いつもは邪魔にならないようジェルで固めている久澄の髪が、形がいい額や首筋にしっとりと張り付いている。

その様子がひどく艶っぽく感じられ、目のやり場に困ってしまう。

あわてて正面を――窓のほうへ向き直る。

が、高級ホテルらしくよく磨かれたガラスは、夜景ごしの鏡となって碧衣の背後に立つ男を写しだしていた。

——やだ。どうしよう。

横へ視線をやっても、前に視線をやっても愛する男の艶姿が見えてしまう。

久澄に何度も抱かれた身体は、たったそれだけで腹の奥を甘苦しさで一杯にする。

どこを見ればいいのかわからずうつむけば、碧衣の上半身を抱いていた久澄の腕が解かれ、ついで、閉じ込めるように両肩越しに窓に手を突かれた。

（こういうの、壁ドンっていうんだったっけ）

学生時代にマンガかなにかで見聞きした単語を思いだし、身悶えそうになる己を自制していると、そんな碧衣に焦れた久澄が、急かすように身体を背中に押しつけてきた。

「ちょっ……、久澄先生……」

広くて逞しい胸板が女の細い肩や背を押す。

それだけでなく、腰の辺りにひどく熱くて硬い——牡が当たっている。

「こっちを向いて。碧衣」

「……やだ」

もう耳どころかうなじまで真っ赤になっていて、恥ずかしいもなにもないのだが、それでも、正面きって顔を見られるのはいたたまれない。

背後に気配を感じるだけで、こうやって触れあうだけで、貴方を意識して恋情を持て余すなんて。

意地になってうつむき軽く唇を噛んでいると、今度は甘えるような仕草で、久澄が耳朶や首筋に、ちゅ、ちゅ、とリップ音をさせながら唇を押し当ててくる。

「こっちを向いて。俺が愛するただ一人のかわいい奥さん」

くすくすと笑いつつ、甘ったるい冗談を言うのに身震いをする。

キスされるだけでもくすぐったくてたまらないのに、これ以上、甘い口説き文句を連ねられては恥ずかしさで頭が沸騰してしまう。

指や唇で施す愛撫はもちろんだが、こうした睦言に碧衣が弱いと知ってからというもの、久澄は、照れる様が可愛い、たまらないと言って、毎朝毎晩ふわふわした砂糖菓子のような単語を連ね、愛を囁いてくるのだ。

覚悟を決め、えいっと勢いよく振り向いた途端、目の前に鮮やかな、南国の海と空を思わせるブルーの小箱が差し出された。

——あれは、駒鴨《コマツグミ》の卵の青。

女性なら、少女から淑女まで憧れるという、ジュエリーブランドのカンパニーカラーだ。

男の掌に載る大きさや正方形の形から、中になにが入っているのかわかる。

わかるけれど信じられない。

最悪の形で別れて、最悪の形で再会した自分たちの間に、永遠を約束する指輪があることを。

「こんな格好で、しかももう入籍しているくせに……なんて思うけど」

信じられず、両手で口元を抑えて立ち尽くしていると、久澄が騎士のように洗練された動きで片膝をついて、箱の蓋をあけた。

まずプラチナの白い輝きが、ついで、中央にある宝石の透き通るような海の色が視界を染める。

――アクアマリンだ。

碧衣の誕生石であると同時に、男女の和解と幸福の結婚を意味する宝石でもある。

単体ではあまり価値がないように思われるが、南海を思わせる深く透き通った碧色をしたものは、ダイヤモンドより遙かに高価と聞いたことがある。

切り子であるファセットは繊細かつ完璧で、陽を反射する海面のような碧を放っている。

リングの部分や縁には、隙間なくダイヤモンドが飾られているのだが、それも見事で、夏の光と見まがわんばかりに輝いていた。

束の間、碧衣は記憶を過去に飛ばしていた。

蒼い空、蒼い海。その二つの境目が曖昧な南の国で、グラスボートの上で笑いあい、初めて久澄とキスした日が、つい先ほどのことのように鮮烈に思い出され、言葉を失う。

「これ……」

「三年前に、用意していた。……君と初めてグラスボートに乗った日を思いながら」

ああ、そんなところまで同じことを考えるのだと、心が感動に震え目が潤む。

「頼むから、泣かないで。……せめて、プロポーズが終わるまでは」

バスローブなのに、髪なんて少し濡れているのに、そんな久澄がすごく格好よくて素敵にみえる。

彼は初めて出会った日と同じか、それ以上真剣な顔で碧衣を見上げ、告げた。

「順番は入れ替わったけれど、あらためて、俺の妻になってください。……婚姻届という紙切れだけじゃなくて、心も、身体も、魂までも。全部、碧衣にあげるから」

俺のものになって、なんて言わないところが、ひどく久澄らしい気がした。

言わなくても多分、彼にはわかっている。

――とっくの昔に、碧衣は久澄のものなのだと。

「愛している。死が君と俺を分かつまで。いや、死が分かっても永遠に天国のその先まで」

「天国のその先までって……」

自分だけでなく、碧衣も一緒に連れていけると疑わない強さと善良さが好きだ。

真っ直ぐに愛を告げてくるひたむきさも、命に向き合う姿も、なにもかも。

「地獄でも、ついていきますけれど」

「気持ちは嬉しいが。俺は、絶対に絶対に、碧衣を幸せにすると誓っている。だから、地獄はなしだな。……それで？　返事は」

　答などわかっているのに聞くのがずるい。

「イエス、しかないですよ。……最初からずっと、海里さんが好きで、海里さんにしか恋してない」

　言うなり、彼は碧衣の手を引いて、魔法のような素早さで薬指にエンゲージリングを通し、その勢いのまま碧衣を腕に抱きかかえ、くるくるとその場で回り笑いだす。

　高級宝飾店のジュエリーケースが床に転がったが、そんなことはもう二人にとってどうでもいい。

　笑い、抱きつき、額をあわせまた笑い。それからキスをする。

　子どものようにはしゃぎながら、唇を重ねる。

　頬やまぶたと構わず、互いの顔に唇をあて、好きと繰り返すうち、それだけでは済まなくなって舌と舌が絡み合う。

　呼吸が急いて、艶めいた吐息と喘ぎが混じり合い、そうしながら久澄はベッドに下ろし、もどかしげな手つきで服を脱がせていく。

　碧衣を下着だけの姿にすると、久澄もバスローブを脱ぎ捨てる。

　どちらからともなく膝立ちとなり、指と指を絡め、額をつけ、互いをじっと見つめ合う。

「愛している。本当に。最初から最後まで、君だけが俺の女神だ」

失ったと思った時は、世界が終わったと思った。

二度と恋しないとさえ考えた。けれど。

「ありがとう。私も愛している……海里さんを」

告白し、初めて久澄を名前で呼ぶ。

やっと、あるべき関係になれたのだという思いで、心が震える。

「ありがとう。傷つけて、傷ついたのに、また愛してくれて」

素直に告げると、久澄がまったく同じ台詞を繰り返し、永遠を誓うようにキスをした。


触れずにいられないという思いのまま、久澄はいつもより性急に、理性より情動に突き動かされる形で碧衣を抱いた。

焦らすような手管は用いず、ひたむきに、直情的に、けれど荒っぽくは決してせず、やっと本当の意味で未来を誓えたという歓びを、幾百ものキスと愛撫にして女体のすべてをあやし尽くす。

そうして肌が汗ばみ、呼吸もままならない頃になると、ずっと碧衣の肌に伏せ、喉から胸元、腰や内ももと、顔を移動させては唇を落とし、名前を呼んで求めていた久澄がふと身体を持ち上げた。

（あ……）

はあはあと、唇からわずかに舌を覗かせる碧衣の横で、久澄はさりげなさを装いつつ、ベッドサイドに置いていた避妊具の箱へと指を伸ばす。

肌をわななかせ、息も絶え絶えなほど感じきっている碧衣とは対照的に、久澄の表情や仕草にはまだ余裕がある。

瞳こそ、劣情の光に輝いてはいたが、その呼吸だってまだ乱れてはいない。

男女の体力差だとわかっているけれど、なんだか、少し悔しくて――申し訳ない。いつも先に乱れ、力果ててしまうことが。

そう思った時にはもう、碧衣の指は波打つシーツから浮いて久澄の手首へと触れていた。

ひらり――と、白光を放ちながら夜空を飛ぶ蝶の動きで、女の手がしなやかに空を流れ、避妊具の入る銀の袋を持つ男の手に舞い下りる。

それから輪郭をなぞるようにして、碧衣の細い指が、久澄の男らしく骨張った指筋から爪へと移動する。

碧衣らしからぬ大胆な行動にか、あるいは女の指のしっとりした感触にか、久澄が息を詰め、愉悦に身震いする気配がした。

快感に翻弄される予感とは違う、好奇心を含んだ新鮮なときめきが胸を高鳴らす。

（海里さんが、感じた？）

急に触れたから驚いただけなのかもしれないが、碧衣は、自分の指が触れたことで男に変化が起きたと思いたかったし、もっと確かめたくあった。

「碧衣？　どうかしたのか」

久澄が音をたてて唾を呑み、欲を抑えた低い声を出す。

けれど怖いとは思わない。どころか、飢えながらも襲い掛かることを――己の意のままに振る舞い碧衣を貪ることを耐える姿を、この上なく愛おしいと感じた。

「あの、ね」

まるで子どものような声になってしまい、つい口ごもり赤面するが、ここで黙っていては変わらない。

――決めたのだ。もう、黙っていることはしないと。

察すること、忍従することは美徳でもあるが、それでは伝わらないものがあり、失う事もあると知った。

二人が別れた原因も、駄目になりそうだったクリスマスの約束も、叶えるために行動し、言葉にしてくれたのは久澄である。

ならば、その妻となる碧衣も、ちゃんと行動し言葉にしなければ。

隣に並び立つ――夫婦となる意味がちらりと頭をよぎり、えいっと勇気と気合いをない交ぜにしつつ、碧衣は肘をついて上半身を起こす。

感じすぎた身体はあちこちが蕩け、脱力し、姿勢を保つのは楽なことではなかったが、ちゃんと起きて、久澄を見て伝えたい。

「あの、私も……海里さんを、感じさせたい……です」

「え……」

思わぬ提案に、久澄がぱっと目を大きくする。

「感じさせたいって、俺を?」

やはり突飛なことだっただろうか。

雑誌でも学生時代の気取らない恋愛話でも、男に任せておけばいいという意見はあった。逆を返せば、女から求めるのははしたないということなのかもしれない。

そのことに気付き、なんてことを口にしたのかと焦り、頭に血を上らせるが、一度口にした言葉が消えるはずもない。

だから碧衣は、そう思うに至ったきっかけを勢いのままに伝える。

「だっ、だって……いつも、すごく、海里さんに気持ちよくしてもらってるけど、海里さんは、どうなのかな、満足しているのかなとか。……私で、気持ち良くなれるのかなっ、て」

言えば言うほど墓穴を掘っている気がするが、堰を切った不安は止まらない。

なにせ久澄は医師であり、外見は精悍かつ凜々しい美形であり、駄目押しに大企業製薬会社の御曹司でもある。

　つまり、望まずとも女性が群がってくるタイプで、そんな彼が自分で満足できているのか——そんな不安が碧衣にはあった。

「幸せすぎて、怖いっていうか……」

　どんな寓話でも、身に過ぎた幸運は最後に失われてしまうから。

　そんなことをちらりと考えながら、碧衣は身を小さくしつつ震え、訴える。

「いつも、私は、海里さんにしてもらってばかりで……。なにも、できてない。外見だって、そんなにすごく美人というわけでもないし、胸もこう……だし」

　両手に持って集めても、乳房は碧衣の手の平に少し余るというぐらいだ。

　男からは、物足りない大きさに思えるのではないか。

　不安げに上目遣いで久澄を見れば、彼はなぜか真っ赤になりつつ目を逸らす。

　碧衣はまるで念頭にない様子だが、白く小さな手指に寄せられた膨らみには、久澄が独占欲のままに残した劣情の証が、花弁のように赤い鬱血痕として散っていた。

　清さに惹かれ、魅せられ、心から求めた女が、あどけない表情のまま、愛撫の跡が残る胸を寄せ、不安げに見詰めてくる。

　その様子がどれだけ久澄にとって、興奮と支配欲を煽るものなのかわかりもせず、碧衣は悩みがちに小首を傾げる。

「……そん、なこと、考えなくても。俺は充分に満足してはいるけれど」

「けれど？」

「碧衣が不安だというなら、好きに触ってみるか？」

これは焦らされることになるぞ、――と、内心で苦悩していることを悟らせず、大人の男らしい余裕を偽り、久澄が碧衣の横に転がり笑う。

久澄の目元が鮮やかな朱に染まり、ぞくぞくするほどの色気を醸《かも》す。

「触って、確かめてみるといい。……俺を翻弄できる唯一の女は自分だと。好きにできる女は碧衣だけだと」

碧衣を受け入れ招くように、久澄は仰向けとなり、天井に向かい差し向けた両腕を開く。

おいで、と言われた瞬間、不安や恥ずかしさは粉々に砕け、代わりに腹の奥底から堪えきれぬ嬉しさばかりがわき上がる。

思いっきり久澄の胸元に飛び込んで、猫のしぐさで頬ずりする。

筋肉がしっかりと付いた見た目とは裏腹に、硬さよりしなやかさ、そして秘めた力の分だけ女より高い熱が肌越しに伝わり、その心地よさにうっとりとする。

伏せた碧衣の髪が、鎖骨や肩を滑るのがくすぐったいのだろう。

久澄は可笑《おか》しそうに笑いつつ、時折身をよじらせる。

なにかの弾みで、碧衣の爪先が久澄の脇腹をかすめ、薄く赤らんだ筋を残す。

途端、くっきりと八つに割れ、美しい陰影を刻む男の腹がビクッと収縮した。

（う、わ……）

自分の身体の下で、久澄の下腹が鋼鉄さながらに硬く強ばり、ついで、しなやかに緩み隆起する。

一連の動きを身体で感じ、碧衣はなんともいえない誇らしさと興奮に包まれる。

（か、感じた……ん、だよね、今の？）

愛撫で感じた自分の反応にすごく近い。

碧衣を見詰める久澄の眼差しも、心なしか細められている気がする。

なにより、長いまつげ越しに見える、雄の目の色気がすごい。

眉を寄せ、気怠げに髪を掻き上げる仕草の端々に、なにかを堪えるような気配もある。

本当に久澄を感じさせられたのか、それが気になって、碧衣は頬ずりしつつ、勇気を出して男の肌をペロリと舐める。

「ッ……」

形がよい喉仏が素早く上下し、腹筋の収縮がさらに強まる。

同時に、腹に座る碧衣の臀部が、熱くしなるものによって打たれる。

「きゃっ」

びっくりして身を起こし、肩越しに振り返り――碧衣は慌てて前を向く。

すると、苦しげな表情で笑う久澄が、目元どころか耳まで赤く染めながら、唇を意味深に舐めて見せる。

（すっ……すっごい、大きく、なってる……！）

男根のことだ。

いままでだって大きいと思っていたし、屹立した時はへそにつくほど反り返っていたが、それがまさか、自分の尻を打つなんて。

恥ずかしいやら、いたたまれないやらで身悶えしてしまう。

すると、碧衣の恥丘が久澄の茂み辺りに擦り付けられる形になり、二人同時にびくんと感じる。

「……くっそ。……天然悪魔め」

「そ、それを言うなら海里さんだって、すごい、すごい……おっきく、なってる」

両手で顔を覆い文句を言うが、端から見れば、男の示威欲を煽る褒め言葉でしかない。

「降参か」

脇を手で摑まれ腰を浮かそうとされ、碧衣はあわてて身を伏せずり上がり、久澄の意地悪な唇を塞ぐ。

「まっ、まだ、だめ……もっと、するのっ！」

理性もへったくれもない子どもの言い口に、久澄がより顔を赤くして笑いを堪える。

「ヤバイ、可愛すぎるだろ。それ」

なにが刺激したのかわからないが、まだ相手に余裕があるとわかった途端、普段の碧衣なら決して持たないような闘志が湧き上がる。

――もっと、もっと、この男を感じさせたい。自分と同じぐらいに乱したい。

唇を尖らせ、少し膨れた碧衣は無言のまま、両手で久澄の髪をくしゃくしゃとかき交ぜる。

「わ、おい……やめろ。くすぐったいだろう。……ッ」

指が耳の後ろに触れた途端、久澄が息を詰め、目を輝かせながら碧衣は集中的に男の硬い耳殻の後ろを指の腹や爪の先でなぞり、辿る。

「こらっ……あお、いッ……！」

たまらず久澄は首をのけぞらす。そのしなやかな曲線がとても美しく、碧衣はうっとりと見入りながら上体を倒していく。

自分がされたことを思い出しながら、男の身体を探っていく。

耳朶から首筋を唇だけで食み、息を呑み張り詰める喉へ舌を這わす。

くっきりと浮き出た首の筋を吸い上げ、淡いピンクの名残を残しつつ、鎖骨を砂糖菓子のようにしゃぶり、味わう。

人の肌なんて、しょっぱいだろうと思っていたのに、なんだか甘い。

久澄が、碧衣の胸を口に含むたびに、美味しそうにしていたのは多分、この、媚薬のように身体を興奮させるもののせい。

わかった途端、他の場所も味わいたくなり、碧衣はどんどん頭を下肢に向け移動させる。

脇腹に噛みつき、艶めいた男の声に昂ぶりながら、呼吸ごとに浮き上がる腹筋に頬を擦り寄せる。

「ッ、く……、んァっ」

女の嬌声とは違う、押し殺した――それだけに、秘めた力と欲望を感じさせる呻きに、腹の奥がゾクゾクと震え蜜口がわななく。

触れられてもいないのに、繋がる部分はもうトロトロで、着けた下着どころか、仰向けとなっている男の太股や膝まで蜜が染みていく。

はむはむと、唇で腹をくすぐっていた碧衣の頬が、硬く熱いものに叩かれた。

びっくりして顔を上げると、目の前に、はち切れんばかりに膨張し勃ちあがった久澄の男根がそそり立つ。

じっくりと見つめるのは初めてだ。

これが人体の一部なのかと思うほど、強い芯を持って天を突く様が不思議で、まじまじと見つめていると、上体を起こした久澄が顔をしかめる。

「そんなに、面白いものじゃ、ないぞ……」

そう言われても、自分にはないものだから、どうしても気になる。

黒々とした茂みから生え、太く脈打つ血管が、蔦のように絡みながら伸び上がり、先ですぼまったかと思えば、きのこの笠のように張り出し、丸みを帯びて尖端となる。

磨かれたようにつるりとしているのに、先は深く割れていて、そこから我慢しきれない劣情が、滴となってぷっくりと染みだす。

——これが、私の中に入るのか。そして、いつか子どもができるのか。

実感を伴い理解したと同時に、碧衣はそろりと逞しい久澄の肉棒へ指を添えた。

びくんと一度大きく跳ねて、それは主を見つけた獣のように碧衣の手の中へと戻る。

（う、わ……）

今までにないほど鼓動を高まらせながら、碧衣はごくりと喉を鳴らし、おずおずと雄の証を手に握り込む。

熱くて、硬くて、思ったより滑《なめ》らかで——気持ちいい。

つるりとした肌を指先だけで繰り返し擦ると、久澄の腹筋が細かくわななき、彼の呼吸も荒くなる。

「すごい……」

無意識に呟き、親指を浮き立つ血管に沿わせ撫で上げ、より熱に猛りだしたそれの表面を静かに撫で下ろす。

そんなことを繰り返すうち、触れるだけでは我慢できなくなって、碧衣はついに震える唇を開き、露の滲む鈴口へと顔を近づける。

「あお、いッ……！」

ちゅっ、と音をたてて先を吸ってみれば、露骨に久澄が腰を跳ねさせ、感じ入った吐息を落とす。

――なんだろう。とてもわくわくして、どきどきして、愛おしい。

静止する男の声など、もう耳に届かない。

まるで新しい玩具を見つけた幼児さながらに、碧衣はリップ音を立てながら、猛る雄へとキスを浴びせる。

夢中になって久澄を愛撫する。

根元で上下に手を動かし、擦れて表面が乾くと尖らせた舌先でつっと舐め上げ、段差の部分で強く弾く。

すると面白いほど久澄が声を殺し、腹だけでなく、太股の筋肉までわななかせだす。

とくに亀頭のくびれと鈴口が弱いとわかってからは、そこばかりをちろちろと舐め、次々に浮き出てくる青臭い滴を唇で吸って呑む。

「も、いい……から、碧衣ッ、ちょ……」

焦れ、限界に来た久澄が声を大にして止めるが、それがいけなかった。

いつも碧衣が駄目といっても止めないくせにと、隠していた不満が顔を出し、碧衣はえいっと覚悟を決めて肉楔の先を口腔に含む。

「わっ、馬鹿ッ……！」

たまらず久澄が叫び、碧衣の額を押したのと、限界まで膨張した肉塊が、根元から、ずずっとわななくのは同時だった。

大きく跳ねて腹を打ったものが、勢いよく白濁を放つ。

すんでの処で上体を剝がされていた碧衣が目を見開く先で、白いしぶきが弧を描き、びゅくびゅくと勢いよく胸の谷間へ注がれる。

「んひゃっ……ぁッ」

ぬるりとした感触と、強烈な雄の匂いにクラクラしてしまう。

けれど、それと同じぐらい、やりきったという満足感が全身を満たす。

恍惚として男の精を受ける碧衣の前で、激しく肩を上下させていた久澄は、怒ったように顔を赤らめ、悔しげに唇を引き、素早い動きで碧衣をうつ伏せに押し倒す。

声を上げるまもなくシーツに転がされ、肩越しに振り返ると、愛撫に夢中になるうちに碧衣が落とした避妊具を、まだ勢いを失わない肉竿にかぶせ、飢えた猛獣さながらに久澄が背後から碧衣を貫く。

「やあああああっ、アッ、……あああっ、あ！」

一瞬で、一番弱い子宮口まで穿たれ、碧衣は悲鳴じみた喘ぎとともに絶頂に至る。

ぶるぶると腰が震えるのと同時に、空隙が埋められる歓《よろこ》びに膣肉がぐっとすぼまり男を絞る。

「ッ、あ……入れただけで、締めすぎだ」

負け惜しみのように吐き捨てたのも束の間、久澄はさらにぐいと腰を押し出し、ねじ込むようにして隘路の奥処《おく》にある肉輪をいじめぬく。

「ひぃ、あ……やあ、ああっ、んっ、ふ、ふうぅッ、ん」

自分が呼吸する度に腹筋が締まり、肉襞は碧衣の意志などお構いなしに、咥えた雄をもっともっとと奥処へ引き込み、射精をねだる。

だが、一度放出した分、久澄にはまだ余裕があるらしく、ふ、と艶美な笑いをこぼし、女の細腰を摑み手繰る。

「あぁーーッ、あ、あ」

口どころか、目までも限界まで開き、碧衣は伸ばした手で空を掻く。

愉悦の激しさに背を反らすと、精に濡れた乳房がシーツとこすれ、ぞくぞくとするほど気持ちいい。

「はぁ、あ、んっ、ぅう」

呻き、よがり、悶えながら体勢を立て直そうとしても無駄で、尻だけを高く上げた獣の姿勢を変えられないし、変えたくもない。

考えるだけ無駄なのだ。

久澄が理性を捨て、獣性のままに碧衣を求める気であるのなら、碧衣もまた、理性を捨てて果てるまで求めるしかない。

ぐいぐいと押しつけるだけだった腰が、大きく引かれ、内部にある感じる場所が張り出した肉笠で余さず刺激される。

脳裏で激しく光が弾け、甘苦しい切なさに背筋が震える。

本能の命じるままに腰はいやらしくくねり跳ね、内部からは洪水のように淫らな蜜が溢れだす。

ぐちょぐちょと卑猥な音と、高らかに歌う女の嬌声、そして吐精を堪える男の喉声が、渾然となって寝室に響く。

まるで自分自身を埋め込もうとするように、激しく、淫らに屹立で蜜窟を責め立てていた久澄が、呻り混じりの低い声で言う。

「気を飛ばしても、朝が来ても、ずっとずっと抱いてやる。……全部、全部、俺のものになるまで！」

そんなの毎晩のことなのに、と少しだけ可笑しくなったが、徐々に激しく、卑猥になる抽挿に、つかのまの理性など、泡沫より儚く弾け消えた――。

終章

静かな室内で、碧衣はどこからか聞こえる波の音に耳を傾けていた。

部屋のほとんどを占めるガラス張りの窓からは、蒼い海と雲一つない空が続いている。

そこは、海の上に作られた白亜の教会だった。

――二人だけの結婚式をリゾート地で上げたい。

年々増えるその要望に応え作られた式場は真新しく、外壁からなにからすべて白で統一されていることもあり、海の上で輝く、光の宮殿のようにも見える。

ガーデンウェディング用の庭園やパーティルームは、身内だけの式を想定しているため、さほど大規模ではないが、その分、内装や料理にこだわっているのが売りだという。

そのためか花嫁控え室も、高い天井と広々とした空間を取ってあり、訪れた女友達や親戚がくつろげるよう、室内には藤で編んだ寝椅子や南国を思わせる観葉植物、ちょっとしたカフェコーナーまで用意されていた。

開放感と親密さを演出することにより、花嫁の緊張を解し、ゆったりとした気持ちで式に挑めるようにと、数々の配慮がされているのが読み取れる。

そんな広い室内で、碧衣は二人もつけられたスタイリストにより、最後の仕上げとばかりに髪を整えられていた。

緩やかに巻いた髪をまとめ、その周囲に、中心がほんのりと橙色をした白のプルメリアや、ピンクのブーゲンビリア、差し色として花弁の縁がフリル状になった薄桃色や檸檬《れもん》色のハイビスカスが飾られている。

「これほどプルメリアが似合う花嫁さんは初めてです」

今朝摘んできたという瑞々しいプルメリアの、ジャスミンとオレンジが混じったような、すがすがしい香りに心を和ませていた碧衣は、スタイリストの声に目を瞬かせる。

「そう、ですか？」

「そうですよ。花言葉を知ってますか？　上品、恵まれた乙女。ほかにも幸運を意味する、大変に縁起がいい花なんですよ」

クリスタル製のペールに山と飾られた花から、一番綺麗に咲いているものを摘まみつつ、鼻歌でも歌いそうな陽気さで言われ、碧衣は頬を染める。

リップサービスだろうと思うものの、悪い気はしない。

（海里さんにも、そう見えていたら嬉しいんだけれど）

別室で新郎となる支度をしている久澄を思い、はにかんでいると、それが初々しく見えたのか、スタイリストはさらに続けた。

「他にも、ブーゲンビリアには、貴女しか見えないとか、魅力的だとか、秘められた思いだとか。……新郎様は花言葉をご存じでこのブーケを選ばれたのかも」

続けざまに言われ、顔がますます上気してしまう。

「どうでしょう。……多分、初めてくれた花だったからってだけ、なのかも」

久澄との初デートで、ホテルからサービスといって貰った花を髪に挿《さ》してくれたことを思い出す。

「まあ。……だとしたら、最初からベタ惚れですね。だって」

くくっと笑って、主担当であるスタイリストが助手をしている若い子を肘で突く。

「……あの、今日のブーケの花言葉を繋げたら、〝貴女は上品でとても魅力的な乙女。私の目には貴女しか見えない。貴女は私に常に新しい魅力と美を教えてくれる。そんな貴女を情熱的に愛し、どんなことがあっても貴女を信じ、幸運にすると誓う〟ですよ」

ポケットから出した花言葉手帳を見つつ、助手の若い子が文にしてくれるが、先に進めば進むほど恥ずかしさが増していく。

（そんな意味があるなんて。……知っていたとしたら絶対に確信犯だ）

硬派な外見とそれを裏切らない性格をしている久澄ではあるが、変なところでロマンチストで、その上、恥じらう碧衣をことのほか好むのだ。

ついにはウエディングプランナーまでも含み笑いをし、微笑ましげに見詰めてくる。

碧衣はたまらずうつむくが、首から耳までが真っ赤になっていると肌の熱さで分かった。

「た、多分、偶然……」

かろうじて口にするが、そうでないことはわかってた。

――最初から好きだった。二度目に再会した時は運命だと思った。

プロポーズの時に告げられた台詞が頭の中でくるくる回る。

次に、会ってから今までの思い出が頭の中によみがえる。

(どうしよう。すごくドキドキしてきた)

毎日会っているのに、とっくに入籍して夫婦として同じ家で暮らしているのに、まるで、今日、出会って夫婦になるみたいな照れくささと歓びが胸を一杯にする。

(それにしても、二回も結婚式を挙げるなんて贅沢をして、いいのかな)

チャペルの鐘が聞こえ、碧衣は、今日、どうして自分がここにいるかを思い出す。

――多田の計略が暴かれたあの日。

助けに来ないよう仕掛けられた罠をかいくぐって、久澄は碧衣を助け出してくれた。

けれど、それでめでたしめでたしで終わるほど現実は楽ではない。

当然のように警察沙汰となり、多田が会社の金を横領していただけでなく、医師でなければ処方してはいけない向精神薬などを、借金の利子代わりに暴力団へ横流ししていたことまで発覚した。

悪事に関わった者はすべて逮捕され、多田は現在刑務所で服役中の身となり、彼につるんでいた暴力団組織も一網打尽に壊滅《かいめつ》されたが、ことがことだ。

事件が新聞紙面を賑わし、事件の舞台となった父の会社名までもが記載されてしまった。

父が重病に倒れ、現在もリハビリ中であることや、その原因も多田であったことから、世間は、父や会社に対し、責めるより同情がちであったが、これだけの騒ぎを起こした直後に、社長令嬢が結婚式と披露宴を行うのは外聞が悪い。

久澄の妻であることは変わらないのだし、形式にもこだわらないと碧衣は式も披露宴もなくていいと主張したが、そうはいかんと義父——久澄の父が頭を振った。

いわく、二人のなれそめはともかく、建前はお見合いからの政略結婚であり——会社同士の協力関係を示すためにも、披露宴を執り行い、公《おおやけ》に周知する必要があると言うのだ。

久澄は父の意見に渋い顔をしたが、経営者としての立場や碧衣の会社の状況から、致し方ないとうなずいた。

碧衣の父が経営する医療機器会社は、多田の悪さによりダメージを受けている。

それを、久澄の父の会社であるアスライフ製薬が支援することにより、なんとか保《も》っている状況だ。

未来への伸びしろがあること、それを支援してさらに大きくなることを示すことが、ビジネスとして必要であり、かつ、安定して雇用しつづけられる未来を示すことにより、社員を安心させることもできると言われれば、碧衣も受け入れざるを得ない。

政略結婚となれば、主役の二人より、会社の意向が優先されるのは当然だ。

――それではあんまりだ。碧衣にだって理想の結婚式があるだろう。

食ってかかる勢いで、久澄がそう主張したことにより、二人だけの結婚式が実現した。

(そうでもしないと、海里さんとしては、腹がおさまらなかったんだろうな)

義父には少し同情してしまう。

というのも、義父――久澄の父は、最初から、碧衣が久澄の初恋の人だとわかっていて、見合いを仕組んだらしいのだ。

結婚を前提として恋人となってほしい、東京でも付き合い続けてほしいとプロポーズをするつもりでいた久澄は、碧衣に待ちぼうけを食わされた。

そして、失恋したと思い込み、未練を振り切ろうと碧衣を着信拒否し、仕事の鬼となってはいたが、その実、スマートフォンに残した写真だけは削除できずにいた。

初デートでグラスボートに乗り、キスをしたあの日に撮《と》った碧衣の写真だ。

久澄はそれをプリントアウトし、医師資格証を収めたカードケースに隠していたらしい。

その後、正月だか親戚のあつまりだかで訪れた際に、久澄はカードケースごと写真を実家に置き忘れ、それを見つけた義父は、写真の女の子に見覚えがあることに気付いた。

碧衣は覚えていなかったが、久澄の父とは、父の会社の株を引き受ける手続きの際やお見舞いの時などにすれ違っており、これが眞悟――碧衣の父の名である――が、溺愛している一人娘かあ。などと思って記憶に残っていたそうだ。

その後、二人は、なにかの弾みで互いの子どもが、似たような時期に沖縄で失恋し、以後、恋愛から足が遠のいていると言うことを知り、駄目元でお見合いを企んだと。

――違ってたら破談になるだけだし、そうでなければ、今までと違って上手く行くのかなあなんて。

もし大当たりであれば、それは偶然ではなく必然である。

きっと結婚までこぎ着けるに違いない！　と、息子に負けず劣らず、変な処でロマンチストな義父は一人盛り上がり、碧衣の父を巻き込んで、さっさとお見合いの日程を決めてしまった。

そして、いつものようにすっぽかされてはたまらないと考えた義父は、なにがなんでも久澄を出席させようと、〝相手の令嬢が大変に海里を気に入って会いたがっている〟だの〝取引先との関係が微妙だからどうしても断れない〟だの〝会うだけでいいから親の顔を立てろ〟だの、まくし立てたらしい。

――お義父さん、それは完全に逆効果でした。

引いた表情を隠しもせずに碧衣が呟いた途端、後ろ頭を掻きつつ、盛大に笑ってごまかそうとした義父と、頭を抱えて唸っていた久澄が記憶に浮かぶ。

義父の行った事を言葉通りに受け止めれば、大企業御曹司との玉の輿に目が眩んだ女が、親に無理をいってお見合いをねじ込んだようにしか取れない。

駄目押しに、釣書を届けに来た多田が、破談を狙って〝男遊びが激しい社長令嬢とお見合いとは同情する〟など嘘を吐いたのだ。

どうやったって、好印象を持ち得ない。

結果、久澄は釣書は当然、お見合い写真すら見ずに場へ挑んで、自分を振った（と思い込んでいた）碧衣に出くわした訳だ。

出会い頭から碧衣を軽蔑した態度になったのも当然だし、ひどい台詞を吐かれたわけである。

が、お見合いを断ったら別の男のものになるかと思うと、無償に我慢できなくなり、でたらめな理由をぶつけて碧衣に縁談を受けると言い放ってしまったそうだ。

あの時は傷ついたものだが、後になって知ると嬉しいやら呆れるやらでしかない。

碧衣が忘れられず未練たらたらだったのと同じように、久澄もまた、未練だらけだったのだとわかったのだから。

今思えば、碧衣の父にも思うところがあったのだろう。

会社は危うく、自身は大病を負った身となった上、秘書の多田が、娘によからぬ思慕を抱いているとあれば、代わりに碧衣を任せられる男をと考えるのも無理はない。

親の心、子知らずとは言うが、今回に限れば、子の心を知らぬまま親が空回りしまくった感がある。

ともかく、義父の言動で一回りどころか、二回転ほどねじれた末に落ち着いた二人だが、義父の暴走に納得がいかなかった久澄は、名目が政略結婚なため披露宴は仕方がないものとしつつも、結婚式だけは自分たちの好きにさせてもらうという話を呑み込ませた。

そして久澄は沖縄で碧衣と二人きりの結婚式を計画し、ついにその日を迎えたという訳だ。

「さあさあ、時間ですから顔を上げてください」

時計を見れば、もう、式が始まる時間となっており、支度もすっかり終わっていた。

「なんといっても、今日は久澄様の貸し切りなのですから、恥ずかしがるより大胆に新婚を楽しんだほうが、絶対に思い出に残ります」

進行を司《つかさど》るウエディングプランナーが、茶目っ気たっぷりに告げ、碧衣に手を貸して立たせる。

すると身を覆うシルクのウエディングドレスが涼やかな衣擦れの音をたて、床へひろがった。

オフショルダーのトップに、プリンセスラインのスカートをもつ花嫁衣装はオーダーメイドで、採寸に採寸を重ね、花嫁のボディラインとドレスが一体化し、全体のシルエットがすっきり優雅に見えるよう徹底的にこだわられた逸品《いっぴん》だ。

しかもレースやリボンなどの飾りをあえて付けず、裾から腰までの部分に琉球紅型《りゅうきゅうびんがた》と呼ばれる染色技法を使い南国の花を描かれている。

虹と同じ、赤、橙、緑、藍、紫の色を大胆に用い、昔から伝わる鮮やかな色使いと繊細なぼかしを重ねた絵柄は、ことのほか華やかで、白一色のウエディングドレスよりずっと碧衣を美しく――南国に生まれた女神さながらに引き立てていた。

扉の向こうで待ちかねていた久澄も同じことを思ったのだろう。

まるで初めて碧衣を見たように目を大きくし、ついで陶酔と敬愛の入り交じった眼差しで見つめてくる。

「綺麗だ。本当に。世界中のなによりも碧衣が」

感動で言葉が上手く浮かばないのか、変に倒置法となりつつ久澄が言うのに照れるが、それすらも愛おしいと言いたげに手を伸ばされ、項から少しだけこぼれた後れ毛を指先でそっと揺らされる。

くすぐったさが肌を走り、つい肩をすくめれば、今度は先ほどと違う感情を含んだ視線が注がれる。

――あ、欲情してる。

自分を抱く時だけ見せる、あの色艶まじりのなんともいえない雄の表情を、惜しげもなく見せつけられた碧衣が肌を赤らめると、たまらないと言う風情で、剥き出しの肩に久澄が唇を触れさせる。

まずいな、とつぶやき久澄がにやりと笑う。

「……式をするのが待ち遠しかったはずなのに、今は、早く終えて碧衣と一緒に部屋に閉じこもりたいと思えてきた」

この式場には、式をあげた新郎新婦のみが泊れるスイートルームタイプのコテージが併設されており、久澄はなんと、式場はもちろん、そのコテージまで五日間も貸し切りにしてしまったのだ。

あまりの豪勢さに開いた口を塞げない碧衣を余所に、久澄は、ハネムーンが一ヶ月なんだから、五日なんてほんの前菜みたいなものだろうと言い切った。

その五日間で、フルコースなみに碧衣を抱いて味わう気なのは、聞くまでもないが――さすがに、式の間だけは堪えてほしい。

めっ、と視線だけで睨むと、それもまた可愛いと、砂糖の海に溺れさせる勢いで笑うのだから、久澄にはやっぱりかなわない。

これからどこまで甘い結婚生活となるのか、楽しみな反面恐ろしくもある。

そんなことをぼんやり考えていると、久澄が唐突に碧衣の尻下に手を差し込み、腕に載せながら抱き上げた。

「わっ……！　なにするんですか」

「式が始まったのに、いつまでも碧衣が動かないから」

無邪気に笑いつつ、花嫁を抱え上げた久澄が言う。

気付けば、入場のパイプオルガン曲が終わっており、ガラス張りで海底をそのまま透かしたバージンロードの先で、式を司る神父がまだかまだかと待ちかねていた。

いくら貸し切りで、今日は碧衣たちとはいえ待たせすぎる訳にはいかない。

「わかりましたから、下ろしてください。……自分で、歩けますから」

「そうか？　俺は、このまま抱えていっても全然かまわないが」

日頃、救命救急医として患者を運び慣れて居るからか、それとは別にジムで体力づくりもしているからか、碧衣を持ち上げた久澄の腕はまるで揺るぎもしない。

「それは、少し恥ずかしいです」

「誰も見ていないのに？」

ウエディングプランナーと同じ台詞を言われ、それはそうかと納得しかけ、碧衣はあわてて頭を振る。

「いやいや！　神父様やスタッフさんたちは見てますから！」

「俺には碧衣しか見えない」

朗らかな声で言われ、参ってしまう。これは本気か意地悪なのか。

「……だとしても、下ろしてほしいです」

せめてもと、真っ赤になった顔を両手で覆い訴えると、久澄は碧衣を抱き上げたまま言う。

「だったら、誓ってくれるか？」

「なにをです？」

「健やかなる時も病める時も、喜びの時も悲しみの時も、富める時も貧しい時も、必ず君を笑顔にして、幸せだと言えるよう尽くすから、絶対に、俺の側から離れないでいると」

それまでふざけていたのに、急に真剣な眼差しをされ碧衣は我を忘れるほど胸を高鳴らせた。

「え……」

「二度、君を失いかけた。だからもう離れない」

一度目は三年前の夜、二度目は多田に襲われた時だろう。

碧衣を失ったときの久澄の傷を思いやられ、切なさと甘苦しさに胸を締め付けられつつ、確認する。

「死が、二人を分かつまで？」

「死が俺たちを分かっても、その先の未来まで、俺は碧衣を愛するよ」

心の底から思っていると分かる自然さで口にされ、碧衣は夢見心地のまま唇を震わす。

「健やかなる時も病める時も……ですか」

「ついでに言えば、碧衣が望もうと望まざると、俺の恋も愛も、永遠に碧衣だけのものだ」

自信たっぷりに断言され、碧衣は真っ赤になりながら頷き、消え入りそうな声で答える。

「私も……。私の恋も愛も、永遠に海里さんだけのもの」

告げた途端、久澄が精一杯に顔を仰向ける。そして碧衣は、導かれるように久澄の唇に自分のそれを重ね永遠を誓う。

海を渡るバージンロードの先では、結婚の誓いを式より先にされてしまった神父が、肩をすくめていたが、その表情は実に愉快げだった。

——二人の早すぎる愛の誓いは、これから先ずいぶんと長く、その式場で働くスタッフや結婚するカップルたちの間で語り継がれたことは、もう言うまでもなかった。

あとがき

こんにちは華藤りえです。

この本をお手に取っていただき、誠にありがとうございます。

こうして再びヴァニラ文庫ミエル様で書かせて頂けて、本当に光栄です。


この話は、沖縄へ向かう飛行機の中で、具合が悪くなった祖母を心配するヒロインと、そんな彼女を助けるドクターがヒーローの主役の物語です。

ヒロインとヒーローは、夏の沖縄で、相手も好きだと知らず互いに思い合い、けれど身動きの取れない事情で誤解し、別れ、数年後、政略結婚のお見合い相手として出会い——、と続きます。

内容については本編に譲ることとして、最近の華藤の近況などを少し。


ええと、実は今、沖縄にいます。といっても旅行ではありません。

——転勤です。

いやあ、二週間前に辞令が下りるとは思わず、ドタバタな上に、いろいろあって、すん

ご い貧血になっていました。

どのぐらいかというと、出血原因がわからない場合は輸血適応という数値。

（ちなみに、華藤は出血原因がはっきりしているので、お薬でなんとかなってます）

よく、この本の原稿を最後まで書き切れたなと、今でも思います……。

それも、限界まで待ってくださった編集様、応援や差し入れしてくれた仲間や、読者様のおかげです。本当にありがとうございます。

イラストは、黒田うらら先生が担当してくださいました。

以前より、小説に調和したイラストを描かれる先生だなと思っておりましたが、自分の本の挿絵を見て、もう、どれも雰囲気ぴったりで驚きました。本当に素敵でした。

最後になりますが、この本を買ってくださったあなたへ、最大の感謝を込めて。

ありがとうございました！　楽しんでいただければと思います！

華藤りえ

敏腕ドクターと政略結婚!?

～元彼の愛は南国より熱くて激しい！～

Vanilla文庫 Miel

2022年3月5日　第1刷発行　　定価はカバーに表示してあります

著　作　華藤りえ　©RIE KATOU 2022
装　画　黒田うらら
発行人　鈴木幸辰
発行所　株式会社ハーパーコリンズ・ジャパン
東京都千代田区大手町1-5-1
電話　03-6269-2883（営業）
0570-008091（読者サービス係）

印刷・製本　中央精版印刷株式会社

Printed in Japan ©K.K.HarperCollins Japan 2022 ISBN978-4-596-33313-1